O LIVRO DE ARON

JIM SHEPARD

O livro de Aron

Tradução
Caetano W. Galindo

Copyright © 2015 by Jim Shepard

Tradução publicada mediante acordo com Alfred A. Knopf, selo da Knopf Doubleday Group, uma divisão da Random House, LLC.

Grafia atualizada segundo o Acordo Ortográfico da Língua Portuguesa de 1990, que entrou em vigor no Brasil em 2009.

Título original
The Book of Aron

Capa
Claudia Espínola de Carvalho

Foto de capa
Buyenlarge Archive/ UIG/ Bridgeman Images/ Fotoarena

Preparação
Ciça Caropreso

Revisão
Jane Pessoa
Nana Rodrigues

Dados Internacionais de Catalogação na Publicação (CIP)
(Câmara Brasileira do Livro, SP, Brasil)

Shepard, Jim
    O livro de Aron / Jim Shepard; tradução de Caetano W. Galindo — 1ª ed. — São Paulo: Companhia das Letras, 2016.

    Título original: The Book of Aron
    ISBN 978-85-359-2765-8

    1. Ficção norte-americana I. Título.

16-04441   CDD-813

Índice para catálogo sistemático:
1. Ficção : Literatura norte-americana   813

[2016]
Todos os direitos desta edição reservados à
EDITORA SCHWARCZ S.A.
Rua Bandeira Paulista, 702, cj. 32
04532-002 — São Paulo — SP
Telefone: (11) 3707-3500
Fax: (11) 3707-3501
www.companhiadasletras.com.br
www.blogdacompanhia.com.br
facebook.com/companhiadasletras
instagram.com/companhiadasletras
twitter.com/cialetras

Para Ida

A minha mãe e o meu pai me chamaram de Aron, mas o meu pai dizia que deviam ter me chamado de O Que Foi Que Você Fez, e o meu tio dizia pra todo mundo que deviam ter me chamado de Onde Você Estava Com a Cabeça. Eu quebrava vidros de remédio batendo um no outro e deixava os animais dos vizinhos escaparem do quintal. A minha mãe dizia que o meu pai não devia bater num menino tão pequeno, mas o meu pai dizia que uma desgraça só nunca era suficiente pra mim, e o meu tio dizia pra ela que o meu tipo de loucura era o equivalente a roubar a família.

Quando eu reclamava disso tudo, a minha mãe me lembrava que era tudo culpa minha mesmo e que na nossa família dor de dente se curava dando um tapa do outro lado do rosto. O meu irmão mais velho vivia dizendo que a gente não tinha berço pra deitar nem travesseiro pra descansar. Por que ele não reclamava mais um pouquinho, minha mãe sugeria. Quem sabe dava pra ela acender o fogão com as reclamações dele.

O meu tio era irmão da minha mãe e foi ele que começou a me chamar de Shemaiá, porque eu fazia tanta coisa que obrigava ele a pôr o dedo no nariz pra me dar uma bronca e dizer: "Deus escutou". A gente dividia uma casa com outra família em Panevėžys, logo depois da fronteira da Lituânia. A gente morava na sala da frente, que tinha uma janela com quatro vidros quadrados e um fogão bem grande com uma folha de flandres por cima. O nosso pai vivia atrás de dinheiro. Por um tempo ele vendeu peles. A nossa mãe queria que ele fizesse outra coisa na vida, mas ele sempre dizia que, papa ou camponês, cada um tinha o seu trabalho. Ela lavava o chão da casa dos outros e, quando ela saía pra trabalhar, os nossos vizinhos faziam o que queriam com a gente. Eles roubavam a nossa comida e jogavam as nossas coisas na rua. Aí ela voltava pra casa morta de cansaço e tinha que brigar com eles por terem tratado a gente desse jeito, enquanto eu ficava escondido atrás do monte de lixo no quintal.

Quando os meus irmãos mais velhos chegavam em casa, eles também entravam na gritaria. Cadê o Shemaiá?, eles perguntavam quando tudo acabava. Eu ainda estava atrás do monte de lixo. Quando o vento estava forte, eu ficava com areia nos olhos.

O Shemaiá só cuida dele mesmo, o meu tio vivia dizendo, mas eu nunca quis ser desse jeito. Eu ficava me censurando enquanto caminhava. Fazia listas de jeitos que eu podia melhorar. Os anos passavam como um dia triste que não acabava nunca.

A minha mãe tentou me ensinar o alfabeto, mas não conseguiu. Ela usava uma cartolina grande presa numa tábua e apontava um pássaro ou um homenzinho ou uma sacola, e aí a letra certa de cada um. Foi um dia inteiro só pra me fazer desenhar o semicírculo e a perninha da letra alef. Mas eu parecia um bicho criado no mato. Eu não sabia o nome das coisas. Os professores falavam comigo e eu ficava olhando pasmado. Alef, bet, guímel, dalet, he, vav, zayin. O meu último boletim no cheder antes da gente se mudar informava que o meu comportamento era insatisfatório, que o que eu sabia de religião era insatisfatório, que a minha aritmética era insatisfatória e que até o meu trabalho com madeira e metal era insatisfatório. O meu pai disse que aquilo era o boletim mais vergonhoso que ele já tinha visto, e pediu pra todo mundo tentar entender como é que eu tinha conseguido uma coisa daquelas. A minha mãe disse que eu podia estar melhorando em algumas áreas, e ele lhe disse que se Deus me desse uma segunda ou uma terceira vida eu ainda não ia entender as coisas. Ele disse que uma pessoa de caráter forte conseguia corrigir os seus rumos e começar de novo, mas que um covarde ou um fracote não ia conseguir uma coisa dessas. Eu sempre ficava pensando se os outros tinham a mesma dificuldade de estudar como eu. Sempre ficava preocupado com o que ia ser de mim se eu não prestasse pra nada. Era um horror ser a pessoa que eu era.

Eu passava os dias de chuva construindo diques no chão pra desviar os riozinhos da rua. Achava umas tábuas e colocava nas poças usando uns pedaços de pau. A minha mãe me arrancava das chuvaradas, dizendo, quando me achava, que lá estava eu sentadinho com sonhos cheios de peixe e panqueca. Ela dizia, enquanto me metia na cama perto do forno, que eu nunca tinha deixado de pegar uma doença, de catapora a sarampo e escarlatina e coqueluche, e que por isso é que eu tinha passado a vida inteira noventa e nove por cento morto.

De noite eu ficava deitado esperando o sono que nem o cachorro do vizinho esperava as carroças passar. Quando ouvia que eu ainda estava acordado, a minha mãe vinha até a minha cama por mais que estivesse cansada daquele jeito. Pra me ajudar a pegar no sono ela dizia que se eu apertasse bem os olhos iam passar umas luzes e planetas voando, só que eu nunca ia conseguir contar todos antes deles desaparecerem. Ela dizia que o seu avô disse que Deus é que mexia essas luzes e planetas com o mindinho. Eu dizia pra ela me desculpar por eu ser do jeito que eu era, e ela dizia que não se preocupava com a escola, só com o jeito de eu agir com a família e os vizinhos. Ela dizia que muitas vezes a minha língua funcionava mas a cabeça não, ou que a minha cabeça funcionava mas o coração não.

Mesmo assim, quando o meu irmão mais novo nasceu, eu disse a ela que queria que ele fosse jogado no galinheiro. Passei aquele ano inteiro tristonho, quando eu tinha quatro anos, por causa de uma vacina que infeccionou no meu braço. A minha mãe dizia que eu brincava sozinho até quando tinha mais criança por perto. Passaram dois anos e eu não aprendi nada. Não sabia nadar nem andar de bicicleta. Não tinha avós nem tias nem padrinhos. Quando eu perguntava por quê, o meu pai dizia que era porque os parasitas da sociedade comiam bem enquanto quem merecia ganhava só água podre, e a minha mãe dizia que era por causa da minha doença. Eu frequentei o cheder até o meu pai voltar de uma das viagens dele e dizer pra minha mãe que era 1936 e já estava na hora de eu ter uma educação moderna. Gostei da ideia de mudar, já que o nosso professor no cheder estava sempre com comida na barba e dava bengaladas nos dedos da mão da gente depois de qualquer resposta errada, e a casa dele tinha cheiro de canil. Então eu acabei numa escola do Estado, que era bem mais limpinha. O meu pai ficou impressionado com o meu novo professor vestido à moda europeia e com o fato de que depois de ele me ensinar a ler eu comecei a aprender coisas sozinho. Já que vivia entediado e não conhecia ninguém, me apeguei aos livros.

E na escola do Estado eu fiz o meu primeiro amigo, que se chamava Yudl. Eu gostava dele. Como eu, ele não tinha futuro.

Estava sempre correndo pra algum lugar com o nariz escorrendo. A gente fazia balsas pra pôr no rio e treinava cuspe à distância. Ele também me chamava de Shemaiá e eu chamava ele de Pisher. Quando ele aprontava alguma, dava um jeito do professor não perceber que tinha sido ele. Um dia, antes de todo mundo chegar, a gente ficou jogando bilharda com tanta força que acabou quebrando umas janelas da sala de aula. A gente metia medo nos meninos que tinham mochilas bonitas e nunca iam descalços. O tempo todo ele me complicava a vida em casa, e num Shabat eu tomei uma surra por ter desmontado a tesoura da família pra fazer duas espadinhas, uma pra ele e uma pra mim. A mãe dele só ensinou ele a cantar músicas tristes, inclusive uma sobre o rei da Sibéria, antes de ficar doente por causa dos dentes e morrer. Ele veio me procurar quando ela morreu, mas eu me escondi. No dia seguinte ele me disse que dois velhos carregaram ela pra fora de casa em cima de uma tábua e que o seu pai afastou ele do caminho.

Naquele verão chegou um cartão-postal do primo do meu pai que morava em Varsóvia, dizendo pra ele ir pra lá trabalhar na fábrica dele. A fábrica pegava fio de algodão pra fazer tecido. O meu pai foi de carona pra cidade num caminhão cheio de gansos e depois mandou buscar a gente. Ele colocou a gente na rua Zamenhofa, número 21, apartamento 6 — a minha mãe fez todo mundo decorar o endereço pra gente poder achar quando estivesse perdido — e o meu irmão mais novo, que era doente do pulmão, passava o dia na janela dos fundos olhando as latas de lixo. Tanto eu quanto ele achávamos que a melhor coisa dessa mudança era a alfaiataria do outro lado da praça. O alfaiate fazia fardas do Exército e na frente da loja dele tinha três fileiras de manequins de um palmo de altura, cada um vestido com uma farda em miniatura. A gente adorava especialmente as fitinhas e as medalhas das condecorações.

Como era verão a ideia era que eu fosse trabalhar na fábrica, tão longe que a gente tinha que ir de bonde. Eu ficava trancado num quartinho sem janela com quatro meninos mais velhos e tinha que dar acabamento aos tecidos. A gente precisava raspar os rolos até eles ficarem com aqueles pelinhos das meias de inverno. Cada rolo leva horas e alguém do meu tamanho tinha que apoiar o peito na lâmina pra raspar com força. Nos dias quentes escorria um suor de mim como se fosse chuva no telhado. Os outros meninos diziam umas coisas assim: "Mas que belo rapaz do interior temos agora conosco; ele nitidamente vai ser uma grande figura na cidade", e eu pensava: será que eu venho aqui só pra eles rirem da minha cara? E me neguei a voltar.

O meu pai disse que ia me dar uma surra tão grande que ia doer quando eu erguesse as sobrancelhas, mas enquanto eu estava ali sentadinho que nem um rato embaixo da vassoura, a minha mãe fez ele parar com aquilo e disse que tinha muita coisa pra eu fazer em casa e que as aulas já iam começar dali a algumas semanas. O meu pai disse que eu só tinha levado meia sova, e ela disse que por ora bastava, e naquela noite quando eles começaram a roncar eu me esgueirei até a cama deles, dei um beijinho de boa-noite nela e descobri os pés dele, pra ver se ele pegava um resfriado.

Como eu não conseguia dormir, ajudava a minha mãe com as primeiras tarefas do dia, e ela dizia a todo mundo que era uma sorte ter um filho que não se incomodava em levantar tão cedo. Eu trabalhava duro e fazia companhia pra ela. Eu esvaziava os baldes de água usada e ia buscar compressas quentes pro peito do meu irmão. Ela perguntava se isso não era bem melhor que ficar quebrando vidro e arranjando problemas, e eu dizia que sim. Eu ainda era tão pequeno que conseguia ficar agachado em cima do bloco das cerdas do escovão de cabo comprido que ela usava pra lustrar o piso. Quando ela disse ao meu pai que pelo menos agora os seus filhos estavam se comportando melhor, ele disse que nenhum de nós parecia bem alimentado nem bem-disposto. Na hora do jantar ele brincou que ela cozinhava que nem uma lavadeira. "Vá pra um restaurante", ela devolveu. Ela depois me disse que quando era mais nova nunca reclamava, assim a sua mãe ia sempre saber quem era a melhor filha e ficaria ao lado dela. Então eu só virava quem eu era mesmo quando apagava a luz, e de manhã começava de novo a fingir que estava tudo bem.

Na nossa escola nova a gente não ficava numa mesa imunda, e sim em bancos escolares de verdade. Eu queria mais livros mas não tinha dinheiro pra comprar, e quando eu tentava pegar emprestado dos meus colegas eles diziam que não. Eu lidava com as provocações sem brigar até perto da hora do sino da aula tocar. Quando a minha mãe reclamou com o professor que um colega tinha me chamado de judeu imundo, o professor disse: "Mas ele é mesmo, não é?", e daí em diante ela me fez tomar banho toda semana. Fiquei nessa escola até um professor torcer a orelha de uma menina com tanta força que até rasgou, aí a minha mãe me colocou de novo num cheder que também ensinava polonês, a dois pontos de bonde da nossa casa. Mas eu ainda me esquivava da ideia de obedecer a ordens que nem cachorro foge de pedrada. O meu novo professor perguntou à minha mãe o que é que se podia fazer com um menino tão cheio de respostas. Ele parece uma raposa, esse aqui, ele disse; tem oito anos mas parece ter oitenta. E quando ela contou tudo isso ao meu pai ele me deu outra sova. Naquela noite ela foi até a minha cama, sentou e pediu pra eu explicar como eu era; primeiro eu não consegui responder, e aí acabei dizendo que já tinha entendido que a maioria das pessoas não me compreendia e que quem me entendia não ia me ajudar.

Os meus dois irmãos mais velhos arranjaram um emprego fora da cidade para conduzir cabras até o matadouro e eles só voltavam quando já estava escuro, e, assim como o meu pai, eles também achavam que a minha mãe devia ficar em casa, então ela contou só pra mim o plano de expandir seu negócio de lavadeira. Ela disse que aquilo não era lá uma mina de ouro, mas que podia ajudar bastante, especialmente antes do Pessach e do Rosh Hashaná. Ela me disse que tinha usado um pouco do dinheiro que guardava escondido pra comprar sabão, alvejante e uns barris, e que toda vez que o meu pai passava pelo esconderijo do dinheiro parecia que ela ficava com uma pedra de gelo dentro do crânio e sentia cada fio de cabelo que tinha na cabeça. Eu disse qual o problema dela ficar com o dinheiro se não era dela mesmo, e ela ficou tão feliz que falou que quando eu fizesse nove anos eu ia ser seu sócio. E isso me deixou feliz, porque eu sabia que quando tivesse dinheiro suficiente ia fugir pra Palestina ou pra África.

Uma semana antes do Pessach a gente pôs umas panelas gigantes de água pra ferver no fogão, enfiou todos os lençóis e as roupas que os fregueses tinham dado em dois barris de borda de metal e ela esfregou tudo aquilo com uma pedra amarela de sabão, depois a gente enxaguou, passou tudo pela secadora e arrastou aquela rouparada úmida dentro de uns cestos até o sótão, onde ela tinha esticado varais em todas as direções embaixo das vigas. Como a gente tinha aberto as janelas pra encanar vento, ela não conseguiu descansar naquela noite e ficou me falando baixinho de umas gangues especializadas em saltar pelos telhados pra roubar roupa lavada, então eu fui dormir lá em cima pra ver se ela conseguia relaxar.

"Está vendo? Você não pensa só em você", ela sussurrou quando foi me acordar na manhã seguinte. Ela pôs os lábios na minha testa e a mão na minha bochecha. Quando ela encostava em mim desse jeito, era como se a pessoa que todo mundo odiava tivesse batido as asinhas e sumido. E enquanto essa pessoa estava sumida, eu não deixei ela perceber que eu já tinha acordado.

Como eu não precisava brincar com ninguém, depois da aula eu ia pra casa ajudar a minha mãe. Enquanto o meu irmão mais novo dormia, a gente conversava sobre o nosso dia. Eu falei pra ela do soldado a cavalo perto do ponto do bonde na Gęsia que tirou umas moedas do alforje e me deu, ela perguntou se eu tinha dito obrigado e claro que eu não tinha. Ela concordou que aquilo foi uma coisa esquisita e imaginou se por acaso ele não estava pensando no próprio filho. A gente ficava ouvindo os nossos vizinhos da frente discutirem, e ela contou que o pai da família passava o dia na sinagoga tentando garantir o seu lugar no outro mundo, enquanto a mãe se acabava pra pôr comida na mesa pra todo mundo. Ela disse que a mãe teve catorze filhos e que só seis sobreviveram. Eu disse que talvez agora eles tivessem parado com isso de ter filhos, e ela disse que tomara mesmo, que um anjo de seis asas descesse com essa notícia para a coitada daquela mãe.

Eu fazia coisas boas para a minha mãe, mas ela sempre queria na verdade que eu fizesse essas coisas para o meu irmão menor. Ele tinha medo de tudo. Ela deixava uma velinha perto da cama dele pra espantar as sombras que ficavam pelos cantos porque a janela dele não tinha persiana e de noite ele sempre achava que tinha alguém parado perto dela ou do outro lado, ou batendo na parede, e ele chorava por causa dessas coisas até dormir. Quando ela ia consolar o meu irmão ele estava com os olhos tão cheios de medo que eu ficava assustado de olhar para eles. O nosso pai gritava pra ele parar, o que piorava tudo. Ele dizia pro meu irmão não esquecer que todo mundo ali no prédio sabia que os pais não precisavam se segurar e que eles podiam dar aos desobedientes a lição que mereciam. Ele ficava se irritando com tudo isso, e aí a nossa mãe aquietava ele no outro cômodo depois de dizer pra eu ficar com o meu irmão e fazer o possível pra deixar ele tranquilo.

O meu irmão tinha tudo quanto era tipo de remédio, conta-gotas e inaladores no criado-mudo, e a minha mãe ensinou a gente a segurar a cabeça dele e inclinar pra frente quando ele tinha dificuldade pra respirar e começava a engasgar. Ele odiava ficar dentro de casa o tempo todo e acabou fugindo e deixando um bilhete que dizia que ele tinha cansado dessa vida, e ficou dois dias sumido. Quando ele voltou, a minha mãe deixou ele trancado no apartamento, e ele arrastava a cadeira até a janela pra poder ver lá fora.

Eu não entendia o meu irmão mas gostava daquele jeito vazio que ele tinha de não reclamar. Ele segurava qualquer coisinha que dessem pra ele com as duas mãos fechadas, dava uma espiadinha ali dentro e depois passava pra um de nós. Se não estava dormindo ou olhando pela janela, ele ficava perto da minha mãe. Quando se irritava, ele não batia em ninguém nem gritava, mas passava dias sem abrir a boca. A minha mãe costumava dizer uma coisa sobre esse silêncio, que a sabedoria dele morria lá dentro da cabeça, uma coisa que a mãe dela também dizia sobre ela mesma. Ela contou pros vizinhos que, uma vez quando ele era bebê, ele deitou no trilho do bonde pra ela não sair de casa, e que ela teve que levar ele pra dentro no colo, e que quando depois ela perguntou por que ele tinha feito aquilo, ele tapou a boca da minha mãe com as mãos.

* * *

Ele adorava o rádio e foi por causa dele que eu ouvi pela primeira vez o programa de Janusz Korczak. Quinta-feira à tarde eu tinha que ficar com ele e a gente ouvia o programa pela parede, porque a mulher do vizinho era meio surda. O programa se chamava O *Velho Doutor* e eu gostava porque, apesar dele reclamar que estava sempre sozinho, ele sempre se interessava pelas outras pessoas, especialmente pelas crianças. Eu também gostava porque eu nunca sabia o que ia acontecer. Às vezes ele entrevistava órfãos pobres num acampamento de verão. Outras vezes ele falava do que achava bonito nos aviões. Ou contava uma história de fadas. Ele sabia imitar bichos de fazenda. Quando eu perguntei à minha mãe por que o programa se chamava O *Velho Doutor*, ela disse que tinham reclamado de um pedagogo judeu estar formando a cabeça de crianças polonesas.

Também foi nesse ano que eu comi num restaurante pela primeira vez. O meu pai me levou pra comemorar um lance de sorte que ele nunca me explicou. Foi a primeira vez que eu pude escolher a minha comida. Ele ficou me fazendo perguntas pra ver o que eu sabia de Jan Henryk Dąbrowski enquanto eu comia, já que ele se considerava um historiador amador. Enquanto eu estava comendo a sobremesa, ele me fez rir quebrando nozes com os dentes. Naquela noite eu sonhei que tinha um corvo sentado no meu ombro enquanto ventava forte e uma capa negra balançava nas minhas costas. Quando o meu pai estava se vestindo na manhã seguinte, eu dei um abraço nele. "O que foi que deu nele hoje?", ele perguntou pra minha mãe antes de sair.

As crianças da minha rua reagiam à minha falta de interesse com mais falta de interesse. Às vezes jogavam pedras em mim.

Mais um verão inteiro se acabou. Eu queria aprender a andar de bicicleta, então fui falar com um menino que tinha uma e ele disse que me ensinava. Eu consegui me virar sozinho depois da primeira aula, e aí ele não quis mais me ensinar. Conheci o Lutek um dia de tarde quando eu estava sentado perto de uns meninos que eu não conhecia e que me mandaram sair dali, mas eu não saí. Ele estava com um gorrinho de pele de coelho com aba pra tapar a orelha e quando um dos meninos perguntou onde foi que ele arranjou aquilo, ele disse que tinha achado no meio das pernas da mãe do menino, aí começaram a dar empurrões nele. Eles derrubaram o Lutek em cima de mim, então eu dei um tranco no menino que tinha dado o empurrão e ele caiu de costas e bateu a cabeça na calçada. Os outros meninos expulsaram a gente dali e depois saíram correndo atrás da gente, e o Lutek me levou para a entrada de um porão escondida atrás de um alçapão de carvão, e eles passaram correndo. Eu perguntei como ele tinha achado aquele lugar e ele disse que vivia se escondendo desde antes de eu nascer. Sentado ali no escuro eu fiz mais perguntas, mas ele parou de responder e ficou só farejando o ar que nem cachorro.

Ele era ainda menor que eu. Era tão pequeno que dizia que tinha uma irmã mais nova que todo mundo achava que era mais velha que ele. Ele dizia que vinha de um vilarejo miserável. O vilarejo não aparecia no mapa e só tinha três vielas de choças, cercas e lama. Ele tinha ficado um ano estudando no Talmud-Torá da rua Miła, que ele disse ser famoso por dar diploma pra qualquer asno. Falou que o pai dele era o carregador mais forte da cidade e que puxava um carrinho que prendia no corpo que nem um cavalo. Ele era especialmente bom com aqueles caixotes imensos de maquinário que chegavam de Łódź e que três homens tinham dificuldade pra arrastar. Fora isso, ele ficava na taverna. Ele trabalhava na estação de trem perto do quintal dos

Jaruszewski. Aquele bairro me dava medo. A fumaça dos montes de escória sempre escurecia o ar por cima das docas de carga.

A minha mãe ficou feliz de eu ter feito um amigo, mas logo achou ruim por eu nunca mais estar por ali pra cuidar do meu irmão mais novo depois que o Lutek assumiu a minha educação. Ele me mostrou como é que se roubava das carroças de vegetais e como um de nós fazendo estardalhaço podia esconder o que o outro fazia, mesmo quando os mascates tomavam conta um da carroça do outro. Com um panfleto francês que pegou numa banca, ele provou que eu não sabia nada de meninas e descobriu que eu sabia tão pouco que nem entendia o que ele estava falando. Depois de ter amaldiçoado uns russos imundos, ele também disse que eu não sabia nada de política, o que também era verdade.

Ele me ensinou que os problemas dos outros nunca deviam atrapalhar a nossa diversão. Contei pra ele o quanto eu me encrenquei com o Yudl, inclusive aquilo das janelas quebradas da escola, mas ele não se impressionou. A família dele tinha se mudado três vezes depois de chegar a Varsóvia, e num dos bairros ele tinha sido levado pela polícia por ter arrombado a porta da casa de um menino que roubou o gorro dele, e em outro por ter feito um buraco na cabeça de um menino com um martelo de joalheiro. Ele disse que o menino acabou ficando bom, apesar de ter que usar bandagem na cabeça e todo mundo ficar chamando ele de xeque.

Eu perguntei se ele apanhava do pai por essas coisas e ele disse que tinha se dado melhor com o cinto do pai depois que aprendeu a esfregar alho e cebola nos roxos. E que ele tinha sorte porque o pai se irritava mais com a gagueira da irmã dele. O pai tentava curar a menina imitando e ridicularizando o jeito dela falar, pra ela ficar com vergonha e parar com aquilo. Ela gostava de mim porque quando eu tinha que esperar ela terminar o que ia dizer eu nunca perdia a paciência. Ela disse ao Lutek que eu era bonzinho e que era pra ele me levar lá mais vezes, então ele me fazia conversar com ela enquanto pegava dinheiro do esconderijo secreto dela. Ele dizia que ela sabia que ele roubava dela mas nunca reclamava. Quando pegava o bastante, a gente comprava salsicha e andava de bonde.

    Nos dias em que eu estava por ali e o meu irmão mais novo se sentia melhor, minha mãe mandava eu ir com ele pro parque pra ele pegar um pouco de ar fresco. Ele sempre ficava animadíssimo com o passeio. O quintal dos fundos com as latas de lixo não pegava sol e vivia deserto a não ser por um ou outro gato vira-lata. O Lutek sempre encontrava a gente, isso pra onde quer que a gente tivesse ido. Ele dizia que ficar preso a um tuberculoso não era o fim do mundo e que sempre dava pra gente achar alguma utilidade nele, então um dia a gente convenceu o meu irmão a roubar um pote de geleia e outro dia a cantar pra um policial. Ou então a gente ia cuidar das nossas coisas e ele ia atrás. Toda vez que o Lutek via aquela cara vazia dele, perguntava: "Então, como é que anda o tempo aí em Vilnius?", uma piada que o meu irmão mais novo nunca entendeu.
    Na volta pra casa eu dizia pra ele não contar pra mãe o que a gente tinha feito, mas aí ela dizia que tinha que contar, e ele contava mesmo, e eu não jantava. Aí depois que ele ia dormir, ela sentava no pé da minha cama e a gente ficava se olhando sem falar nada até ela finalmente me pedir pra eu tentar continuar sendo um ser humano decente e me dar um beijo no rosto antes de me desejar boa-noite. Eu ficava olhando pro teto escuro e lembrava que ela não ganhava nada de mim em troca do que me dava, praticamente nunca ganhou. Depois disso eu começava a planejar o meu dia seguinte com o Lutek.

* * *

 Ela deu uma festa pra mim quando eu fiz nove anos. No dia seguinte a irmã do Lutek perguntou como tinha sido tudo, e ele disse o que tinha pra dizer. A gente comeu bolo com uva-passa e os convidados eram o meu irmão mais novo e o Lutek. O meu irmão mais novo me deu um caderno com uns desenhos que ele fazia e a minha mãe costurou uma sacola de couro pra mim.

 Naquele inverno todo a saúde do meu irmão mais novo foi melhorando, até piorar e ele ter que ir pro hospital. Antes dele ficar doente a minha mãe teve pneumonia e caiu de cama uma semana, e ele passou o tempo todo no cantinho da cama dela, olhando fixo. Quando ela acordava, me pedia pra pegar uma blusa pra ele, eu perguntava se ele estava com frio e ele dizia que não. Ele também estava começando a tossir, e um dia ela finalmente saiu da cama pra enrolar um xale no pescoço dele. Aí depois que ela disse que estava melhorzinha ele ficou tão empolgado que saiu correndo pelo quintal no meio da chuva e voltou pra casa encharcado e tremendo.

 Por um tempo ela tentou cuidar dele em casa. Ela me mandava ler pra ele à tarde, e ele sempre escolhia um livro chamado *Jur*, sobre dois irmãos, um adoentado e que vivia precisando de cuidados e o outro que era a imagem da saúde e que acabava morrendo. O meu irmão mais novo sempre gostava especialmente do fim, quando o irmão adoentado estava ao lado da sepultura do irmão saudável e falava da falta que sentia dele.

 No fim ele também teve pneumonia e precisou ir pro hospital. A essa altura teve que ser levado de ambulância.

 A minha mãe e eu ficávamos com ele quando dava. Os meus irmãos mais velhos e o meu pai fizeram uma visita, todos juntos. Levaram uma lata grande de doces, que eles abriram e provaram.

Ele odiava ficar abandonado no hospital de noite e gritava quando a gente ia embora. A minha mãe sempre chorava até chegar em casa. Depois de três dias a febre dele estava tão alta que ele não reconhecia mais a gente. As enfermeiras punham compressas, mas ele estava tão quente que elas não conseguiam manter as compressas frias. Elas levavam pão empapado de leite e a gente ajudava ele a abrir a boca pra comer.

No dia em que ele morreu eu disse que ele estava fazendo que nem um menino grandão, sendo corajoso. A minha mãe levou ele pra casa e ele disse que queria poder me comprar o uniforme em miniatura do regimento dos ulanos da alfaiataria, que era o meu preferido. A minha mãe estava na farmácia e ele perguntou quando ela ia voltar. Falou que ela andava dizendo que ele já estava bem melhor, mas que agora ela parecia menos segura. Ele respirava como se alguém estivesse sentado no peito dele, e era difícil ele conseguir dizer até isso.

Quando a minha mãe voltou, encontrou ele fora da cama e de camisola em cima de uma cadeira olhando pela janela. Ela esquentou os pés dele, fez ele voltar pra cama e disse que se ele olhasse pra fora quando acordasse, todos os sonhos dele iam fugir. Ela me mandou ir até a cozinha fazer chá pra ele e perguntou se eu achava que dava conta de fazer isso. Enquanto eu enchia a chaleira dava pra ver os dois. Ela segurou as mãos dele e pediu pra ele olhar pra ela. Disse que queria contar uma história, que ia ser uma história bem comprida e que ele precisava ficar acordado pra ouvir. Ele pareceu sair de um transe e sorriu pra ela. A história era de um judeu pobre e de um sultão. Ela disse, sobre uma decisão do sultão: "Não é incrível?", e enquanto ela fazia a pergunta ele morreu.

Ela ficou duas semanas de cama. Eu fiz o que pude do serviço da casa. O meu pai e os meus irmãos comeram nas tavernas. Eu fazia a minha comida. O Lutek desapareceu. Quando o sol se punha, a minha mãe começava a falar comigo no escuro. Ela não me deixava acender nenhuma luz enquanto o meu pai e os meus irmãos não chegassem em casa. Depois que os meus irmãos iam dormir, o meu pai ficava sentado na cozinha com um copo de vodca e chorava sem fazer nenhum barulho.

Ela disse que me perdoava. Ela disse que nenhum de nós tinha feito tudo o que podia pelo meu irmão mais novo. Ela disse que ainda lembrava de quando era uma menininha e uma professora falou: "Eu prevejo que um dia você vai ser alguma coisa na vida". Ela disse que essa professora falava pros seus alunos favoritos: "Bom, você está sentado no vagão. Vamos ver até onde consegue seguir nessa estrada". Ela disse que essa professora tinha dado um livro pra ela com a dedicatória *Pelo seu bom comportamento e pelos seus múltiplos talentos*.

Ela disse que tinha perdido toda a energia pra trabalhar, mas que talvez a energia acabasse voltando. Ela disse que o coração dela era que nem uma moeda dentro de um cofre e que dali pra frente talvez só eu tivesse chave. Ela disse que sabia que o meu pai estava gastando o pouco dinheirinho que eles tinham economizado. Ele que pegue tudo e se afunde, ela disse. Quem sabe aí ele deixasse ela em paz.

Ela disse que quando tinha dez anos teve que cuidar de uma irmã pequena, que berrava quando estava molhada, que berrava quando estava com fome e que berrava quando a fralda estava torta. Ela disse que ficava correndo pela casa com a irmã no colo, sem saber o que a irmãzinha queria dela. Ela disse que ficava só esperando o dia em que a mãe dela ia chegar em casa e levar a irmãzinha de volta, e todo mundo ia ficar satisfeito com o bom trabalho que ela tinha feito.

Quando ficou mais quente, ela começou a cozinhar de novo e a fazer um pouco da limpeza. Ela já saía de casa. O meu aniversário de dez anos chegou, e nada de bolo de passas. Um dia quando eu agradeci pelo meu café da manhã ela disse que quanto mais velha ficava, mais virava um bebê. Eu perguntei se ela estava melhor e se queria dar uma volta no parque quando eu voltasse da escola, e ela disse que sim, que queria. Ela disse que às vezes parecia que tinham tirado tudo dela e que só o que ela queria era pegar alguma coisa de volta.

Na manhã seguinte o meu pai falou pra eu levantar porque era a guerra e os alemães tinham invadido. Eu não acreditei nele, então ele apontou pro apartamento dos vizinhos e disse: "Venha aqui no rádio, aí você mesmo ouve".

As pessoas tinham passado o dia anterior cobrindo as janelas com papel e correndo pelas ruas pra comprar comida. De manhã o nosso professor disse que a partir do dia seguinte a escola, que tinha recebido uma bateria antiaérea no telhado, ficaria sob controle do Exército, que era pra gente deixar os livros de presença pra eles assinarem e que a gente se via depois da guerra. A gente quis ir até o telhado pra ver as armas antiaéreas, mas um soldado não deixou a gente usar a escada.

Quando cheguei em casa, o meu pai e os meus irmãos estavam cobrindo as janelas com papel e um dos meus irmãos me mostrou um filtro de vidro azul que encaixava na nossa lanterna.

Naquela tarde a gente viu um avião com fumaça saindo da cauda e dois outros atrás dele. Outro avião voou bem baixinho e um soldado pegou a carabina e começou a atirar nele até umas pessoas na rua gritarem que ele estava pondo todo mundo em risco, aí ele parou.

Tinha sirene de ataque aéreo à noite, mas por umas semanas nada aconteceu. No dia seguinte o Lutek me disse que gostava muito das sirenes porque todo mundo tinha que sair da cama a hora que fosse, e os meninos do prédio dele se encontravam no porão pra brincar. Ele dizia que todos os meninos do prédio gostavam dos ataques aéreos menos um que tinha uma mãe doida que criava muito problema porque saía correndo pra rua e destapava as janelas enquanto as sirenes ainda estavam tocando.

Por alguns dias a gente foi todas as tardes na casa dos vizinhos pra ouvir as notícias. Todas ruins.

O bombardeio da cidade durou o dia todo e a noite toda sem parar e continuou no dia e na noite seguinte. A gente ficou no porão e os uivos e os gritos e as orações encobriam as explosões, se elas aconteciam bem longe. A minha mãe ficou sentada apoiada na parede abraçada comigo e toda vez que eu levantava pra esticar as pernas, ela perguntava pra onde eu estava indo. O meu pai e os meus irmãos ficaram sentados na outra parede. Depois de três dias as coisas se acalmaram e alguém desceu a escada e gritou que Varsóvia tinha se rendido. A minha mãe disse pra gente não sair, mas os meus irmãos e eu subimos pra rua.

Pó e fuligem no ar. Crateras gigantes no cruzamento das ruas. A árvore imensa da esquina tinha voado em pedaços. O nosso quintal dos fundos estava coberto de cacos de vidro. Lá na rua Gęsia alguma coisa ainda estava pegando fogo.

A minha mãe levou a gente de volta pro nosso apartamento, que estava só com algumas janelas quebradas. Ela mandou a gente ir procurar tábuas pra cobrir as janelas, então eu fui até o bairro do Lutek. Ele passou um braço em volta de mim, sorriu e disse: "Bom, a gente sobreviveu à guerra". Eu falei o que eu estava procurando e ele me levou até a cerca de uma ruela que tinha sido destruída. Nós dois juntos carregamos tanta tábua pra casa que o meu pai disse pra minha mãe me deixar em paz pra eu ir aonde quisesse de dia. A gente precisava especialmente de água, já que não saía nada da nossa torneira, e o Lutek me ensinou a roubar da cisterna do prédio dele.

A gente ia pegando tudo o que podia ser útil. Às vezes punham a gente pra correr, mas não sempre. Os prédios destruídos eram um imenso parquinho e a gente sempre achava alguma surpresa nos escombros. A fachada inteira de um prédio tinha sido arrancada e dava pra ver todos os apartamentos até o teto, e bem no alto uma família ainda estava morando ali. Eles pareciam uma vitrine de loja. Uma perna de uma cama de ferro se projetava no espaço vazio. No sótão, andorinhas entravam e saíam pelos buracos feitos pelos morteiros.

Quando eu estava voltando pra casa com a minha água, um careca com um avental cirúrgico verde e imundo que estava carregando um menininho me parou. O homem tinha um cavanhaque amarelado e óculos cobertos de pó. "Onde é que está a sapataria que ficava aqui?", ele perguntou.

"Ali", eu disse e apontei.

Ele olhou pras paredes desmoronadas umas por cima das outras. "Eu encontrei ele na rua", disse. O menino parecia estar dormindo. "Ele não pode andar descalço em cima desse monte de vidro. Preciso levar ele no colo até achar alguma coisa pra ele calçar."

Eu reconheci a voz dele e disse: "O senhor não é o Velho Doutor do rádio?".

"Será que você não tem um sapato na sua casa que sirva nele?", ele disse. Mas aí outra pessoa chamou "Pan Doctor! Pan Doctor!", e ele virou as costas e foi com o menino no colo naquela direção.

Quando as tropas alemãs entraram na cidade, a multidão ficou tão quieta que eu consegui ouvir uma mosca que estava incomodando uma mulher a coisa de um metro de distância. O Lutek disse que teve mais barulho no desfile pela rua dele e que teve gente balançando bandeirinhas com suásticas. Na praça do mercado no dia seguinte não tinha mais barracas de verdura e no lugar delas mais alemães descarregavam caixotes de uns caminhões. Um deles falou comigo em polonês. "Traz aí alguma coisa pra gente beber", ele me disse, e aí ele e os amigos montaram nos caixotes e ficaram esperando.

No fim daquela semana eles organizaram uma cozinha pra fazer sopa de graça e também distribuíram pão. Parecia que os soldados nunca sabiam direito onde eles queriam que todo mundo fizesse fila. Eles gostavam de tocar o rebanho de gente de um lugar pro outro. Uma menininha orelhuda ficou esperando três horas na fila com a gente e quando pegou a sopa ela entregou ao Lutek e disse que não estava com fome. Depois que ela foi embora ele me contou que ela era vizinha dele e que os pais e a irmã dela tinham ficado soterrados no prédio durante o bombardeio. Ele disse que só de ver o prédio já dava pra saber que eles não iam ser desenterrados antes do Natal.

Naquela noite dois alemães apareceram na porta da nossa casa procurando móveis. Eles andaram à toa pelo nosso apartamento antes de concluir que a gente não tinha nada que eles achassem bom. Foram até os nossos vizinhos da frente, os do rádio, e pegaram duas cadeiras e uma terrina de sopa. Depois que eles saíram, o marido contou pra gente que tinha sido puxado pelo nariz com um alicate porque não tinha dito "oi" educadamente.

No dia seguinte, a polícia polonesa assumiu a sopa e os soldados desapareceram. No outro dia, quem desapareceu foi a polícia polonesa, assim como a cozinha de sopa.

Naquele inverno a gente catou tudo o que conseguiu debaixo de uma chuvarada. As ruas pareciam um pântano por causa das poças imensas e sujas entre as pedras do calçamento. A gente precisava tomar cuidado porque estava tudo muito mais escorregadio. Não ajudou nada o fato de que em janeiro os judeus não podiam mais ficar na rua das nove da noite até as cinco da manhã. O pai do Lutek às vezes tinha que deixar seu caixote onde estava e pegar só de manhã. A maioria pesava tanto que ninguém conseguiria roubar mesmo. Ele contou pra gente de um dos outros carregadores que dizia que era tão feio que os alemães viviam interrompendo o trabalho dele pra tirar fotos.

Todos os judeus tinham que usar braçadeiras amarelas. O Lutek dizia que a camada extra ia deixar todo mundo quentinho.

Sempre tinha alguma regra nova. A minha mãe se aborreceu com a que obrigava todos os judeus a mostrar um certificado de despiolhamento pra poder andar de bonde. Depois ela se aborreceu quando a gente não pôde mais andar em alguns bondes. Depois ela se aborreceu quando a gente teve que declarar os nossos bens e disse que aquilo era o primeiro passo pra depois tirarem tudo o que a gente tinha. O meu pai lembrou a ela que os alemães já tinham passado pelo nosso apartamento sem ver nada que valesse a pena levar.

O Lutek e eu andávamos em qualquer bonde que a gente quisesse porque ele tinha me ensinado a usar uma camisa de meia manga por cima de outra de manga comprida pra gente poder desenrolar a manga e cobrir as braçadeiras. E ele me mostrou como você tinha que saltar do bonde se o motorneiro reduzisse a velocidade de um certo jeito porque aquilo significava que os alemães estavam esperando na próxima parada. Uma vez a gente deu direto com uns policiais alemães, mas eles só seguraram a gente pelo colarinho e nos mandaram ajudar um médico que eles tinham obrigado a esvaziar toda a prataria do seu aparador e colocar nuns carros que estavam esperando. O médico ficava pedindo pra gente tomar cuidado com tudo. Depois da última carga ele perguntou a um alemão se podia ficar com o saleiro da avó, um barquinho que ele mostrou pra gente, porque tinha muito valor sentimental pra ele, e o alemão disse que não.

"Quem é que deixa tanta coisa largada por aí?", a minha mãe perguntou na hora do jantar por causa das coisas que eu levava pra casa, e o meu pai disse que diferença fazia pra ela, que era melhor ela ficar quietinha e agradecer aos céus.

"Eu agradeço é por ele estar em segurança e quero mais que continue assim", ela disse pra ele.

"E ele lá tem cara de alguém que vá fazer alguma coisa perigosa?", ele disse.

O Lutek concordava que essa era mesmo a melhor coisa em mim: que eu não tinha essa cara. A gente se especializou em janelas de despensas e de banheiros por onde aparentemente nem um gato passava. Eu dava um empurrão no Lutek e aí ficava esperando no fundo de um beco até ele assobiar. Se estivesse tudo em paz eu respondia com outro assobio, ele jogava o que tinha encontrado pra eu pegar e eu zarpava dali e me encontrava com ele mais tarde.

Quando o negócio era ferramentas, ele tinha um belo olho pra encontrar coisas que à primeira vista você não sabia pra que serviam. Ele afanou um arame grosso e curto da carreta de um caminhão e aquilo acabou se transformando na ferramenta ideal pra enfiar entre uma esquadria e a parede, porque depois de entrar era rígido o bastante pra você poder bater no pino até ele saltar do trinco.

Ele tinha encontrado alguém que conseguia trocar quase tudo o que a gente pegava por quase tudo o que a gente queria, então alguns dias eu levava carvão pra minha mãe, em outros dias trigo, e em certos dias, outra coisa. Uma noite eu cheguei em casa com amêndoas, mas não fez diferença porque umas mulheres de casaco de pele tinham recebido ordens de lavar a calçada com as calcinhas e aí vestir a calcinha de novo, molhada, e a minha mãe e todo mundo tinham sido obrigados a ficar olhando, e ela ainda estava transtornada.

Eu contei isso ao Lutek e ele me contou que viu um judeu velho em cima de um barril com uns soldados alemães cortando o cabelo dele e uma multidão em volta rindo. Ele disse que eles só estavam cortando o cabelo do homem, e que ele não sabia dizer o quanto aquilo tinha aborrecido o velho, mas que naquele mesmíssimo momento ele disse a si mesmo que nunca ia acabar em cima daquele barril. Assim, por mais coisa que acontecesse com ele, ele sempre ia poder dizer: bom, pelo menos você não está em cima daquele barril.

Nós comemoramos a nossa conversa adulta roubando duas canetas-tinteiro bem caras de uma loja e escondendo as duas embaixo da camisa enquanto a gente esperava o bonde. O bonde estava só a duas quadras de distância, mas não andava fazia dez minutos e tinha uns homens parados na frente dele.

A gente ficou debatendo se não era melhor ir a pé de uma vez pra casa. O meu sapato não servia mais e as minhas bolhas tinham estourado, então eu defendi que era melhor esperar.

Tinha uma menina sentada perto da gente e o Lutek perguntou pra quem ela estava olhando. Ela perguntou pra quem ele estava olhando. "Que gorro é esse aí?", ela perguntou.

Ele mandou ela ir se foder com uma cebola. Uma cebola ia ser melhor que ele, ela disse. Aí ela disse que as canetas que a gente achava que estava escondendo eram Lamy. Ela reconheceu os estojos.

Eu fechei o meu último botão e o Lutek esfregou os olhos.

Ela sugeriu que a gente levasse as canetas pro Siekierska em Wilanów. Ela explicou, quando a gente não respondeu, que ninguém além dele compraria umas canetas tão caras.

"Vamos andando e pronto", Lutek disse pra mim, e levantou. Quando eu hesitei, ele foi embora sem mim.

Eu fiquei ao lado da menina por mais uns minutos. "O seu amigo Gorro de Coelho não é de correr risco", ela disse.

Eu perguntei o que ela achava que tinha acontecido com o bonde, e ela disse que era uma boa pergunta. Eu falei que o meu nome era Aron e ela disse que não tinha perguntado. Eu perguntei o nome dela e ela disse Zofia, aí se virou, olhou pra mim e apertou a minha mão. Eu perguntei onde ela tinha estudado e ela disse que tinha sido lá na avenida Três de Maio. Disse que implicavam com ela porque era a única judia. Eu disse que ela não tinha cara de judia. Ela tinha cabelo claro e nariz pequenininho. Ela agradeceu e aí disse que eu tinha.

Ela perguntou se eu conhecia Mańka Lipszyc e eu disse que conhecia. Ela perguntou se o meu irmão é que tinha acabado de morrer, e aí ficou calada quando eu respondi.

O bonde não chegava nunca. Ela disse que tinha um irmão mais novo chamado Leon, um irmão mais velho Jechiel e uma irmã menor Salcia que só tinha dez meses.

Ela conhecia as canetas porque o pai dela tinha sido dono de uma papelaria. Vinha gente de todo canto da cidade por causa da qualidade do papel que ele vendia. Ele sustentava a família deles, a avó, as meninas solteiras dos Brysz, o tio Ickowicz das meninas, e Hanka Nasielska e os pais dela. Por um tempo a família dela teve tanto dinheiro que ela tinha estudado naquele tipo de escola em que você é que paga mensalidade. O pai dela tinha uma irmã na América que implorava pra ele emigrar, mas ele dizia pra ela que ia ficar bem ali onde estava pra poder cuidar da loja.

Quando os alemães chegaram eles espancaram muito o pai dela e destruíram o apartamento deles procurando ouro. Acabaram levando só cinco metros de fazenda de vestidos da mãe dela. Mesmo assim, a família dela teve mais sorte que os amigos do outro lado da rua, que tinham sido expulsos da casa deles e ouviram que aquele tipo de gente já tinha dormido tempo demais em caminhas macias. Mas aí uma semana depois, um oficial da ss passou pela loja e ficou tão impressionado que disse pro pai dela dar um jeito de enviar todo o estoque da loja pra cidade natal do oficial. O pai dela ficou com um recibo.

Eles moravam na rua Żelazna, num apartamento grande, mas depois tiveram que se mudar e o bairro novo deles era tão miserável que algumas ruas nem tinham calçamento e eram tão enlameadas que as pessoas faziam umas pontes de madeira até a porta da frente. Ela disse que era triste ver a mãe dela chapinhar na lama. Ela disse que a mãe dela chorou três dias e que o pai tinha garantido que eles iam se mudar de novo logo, logo, e que ele ia abrir uma fábrica de vassouras, e que os alemães gostavam muito de vassouras.

Ela disse que o seu irmão tinha contado que ainda antes dela nascer seus pais tinham ido duas vezes falar com o rabino pra pedir divórcio, que a avó tinha insistido no casamento e dizia aos quatro ventos que a filha tinha casado com um homem culto.

Eu disse que precisava ir embora. "Não se prenda por minha causa", ela falou.

Mas, quando eu não levantei, ela disse que lembrava de pensar que talvez a mudança da família fosse alterar tudo, inclusive ela, e que as coisas não iam ser tão ruins. Ela disse que os anos antes da escola de que ela nem lembrava provavelmente tinham sido os mais felizes da sua vida. Eu não soube o que responder. Ela acabou levantando, se esticou bem e disse que estava atrasada. Aí se abaixou com as mãos nas coxas e disse que, se eu prendesse o estojo da caneta no cinto, atrás, podia ser mais difícil de perceber.

O muro começou a subir assim que o tempo ficou mais quente. No começo a minha mãe comemorou a notícia de que o Judenrat tinha recebido ordens de pôr em quarentena os judeus que estavam doentes. Aí ela percebeu que a gente podia estar na área que ia ser fechada. Ela foi junto com os vizinhos informar que não havia tifo no nosso prédio, mas isso só serviu pra ela passar dias esperando pra conversar com um oficial que não quis escutar e que não fez nada.

O dia todo na frente de casa a gente ouvia rodas de carrinho de mão rangendo, pás raspando a terra e batidas de tijolos. Começavam e paravam, então por uns dias eram só umas fileiras de tijolos e aí de repente já virava uma coisa mais alta que a gente. Pro Lutek, por enquanto isso era só outra oportunidade. Depois que os pedreiros acabaram o expediente num beco sem saída perto da Niska, a gente foi lá e pegou dois sacos grandes de cimento.

À noite os meus irmãos discutiam sobre o que estava acontecendo. Eu tinha outras preocupações. Sempre que havia grandes notícias, os nossos vizinhos batiam na nossa porta. A Holanda, a Bélgica e Luxemburgo, todos tinham sido invadidos. Eu perguntei pro Lutek se ele achava que a Bélgica ia se render, e ele disse que não fazia diferença, já que do jeito que as coisas estavam indo com a gente de uma forma ou de outra coisas ruins iam acontecer.

Ninguém mais se importava nem com a roupa nem com o chão limpos, então o que eu levava pra casa era mais importante do que tudo.

Em maio esquentou e a gente ficava trabalhando até mais tarde. Eu e o Lutek entramos numa briga, aí eu me escondi na entrada de uma casa e fiquei lá esperando e quando eu ia sair a Zofia segurou a minha manga. Ela fez um sinal com a cabeça e a gente ficou ali quieto enquanto o lojista passava com os filhos. Um estava com uma marreta pequena e os outros dois carregavam porretes. O Lutek estava em algum lugar do outro lado da rua e podia ter sumido fazia tempo. O lojista parou na esquina e os filhos dele começaram a procurar de porta em porta.

"Acho que é melhor você vir jantar com a gente", Zofia sussurrou no meu ouvido. Ela estava olhando pelo vidro fosco da entrada comigo, com o rosto bem perto do meu. "A gente mora aqui em cima mesmo. Você pode trazer isso que você tem aí como presente."

Os pais dela eram educados e gostaram do mel, e a mãe disse à filhinha mais nova deles que aquilo era raro e caro. Eles me apresentaram ao irmão mais velho dela, Jechiel, que era aluno da ieshivá. Parece que ele achou que eu estava muito encostado na irmã dele. Ele disse que ficar olhando demais pra uma mulher fazia você ser pendurado pelas sobrancelhas no inferno. A Zofia riu e me contou que como a oração matinal dele, "Para que os nossos dias se multipliquem", soava como "peixe barato", esse tinha virado o apelido dele na família.

Ela me apresentou ao seu irmão mais novo, Leon, que parecia infeliz e disse quase nada. O irmão falava de Leon como se ele não estivesse lá, e aí disse que apesar dos pais esperarem grandes coisas dele, no fim ele era muito burro e já tinha sido reprovado duas vezes antes de suspenderem as aulas. Agora conseguir o diploma ia ser que nem chegar no polo Norte a passo de lesma.

A mãe da Zofia fez o que ela disse que era um prato da cidade deles, um pudim de trigo-sarraceno refogado com cebola. Ela dava isso na colher pra filhinha, Salcia, que estava enfiada num cadeirão ao lado dela.

Alguém tocou a campainha, a Zofia foi ver, saiu pro corredor e falou baixo antes de voltar pra mesa. Quando o pai perguntou quem era, ela disse que o lojista Lebyl estava procurando um ladrão.

Eles perguntaram da minha família e como eu não tinha nada pra dizer eu falei do Lutek. Disse que ele gostava de subir nos postes de luz pra ficar olhando as pessoas lá de cima. Eu disse que nos bondes lotados ele gostava de ficar narrando detalhes do que acontecia entre um homem e uma mulher. O irmão da Zofia ficou estarrecido, mas o pai achou graça. Ela perguntou se o Lutek já teve namorada, e eu disse que uma vez ele se encantou com uma menina e ficou toda noite, um mês inteiro, parado no portão da casa dela com uma carta que explicava o que ele sentia, mas que toda vez que ela saía ele entrava em pânico e ia embora.

O pai dela falou da fábrica de vassouras e de onde viria o dinheiro pra ela. Falou do avô da Zofia, que nunca tinha ouvido uma palavra simpática de ninguém e que com dez anos toda noite era mandado para jantar na casa de outra família, e que quando teve seus próprios filhos sempre preferiu regular a comida da família em vez de trabalhar mais. Ele disse que achava que a Zofia tinha puxado pra ele. Ela disse que concordava e que via de regra não gostava de ninguém. Ele contou como teve que botar a Zofia pra fora da sua loja quando ela tinha seis anos e ousou dizer na cara de um dos seus maiores clientes que o preço que ele tinha dado era alto demais.

Salcia não gostou do pudim, então a mãe limpou o que ficou no rosto dela com a colher e aí ofereceu de novo e perguntou se esse Lutek que eu estava descrevendo era, apesar de tudo isso, um bom menino. Eu disse que sim e a Zofia disse que não. O pai dela riu e a mãe fez uma careta. Eles nunca se olhavam, mesmo assim a família parecia se dar bem.

Tudo ficou quieto. Jechiel me olhava como se eu tivesse algum problema. O pai da Zofia me lembrou do toque de recolher e a mãe agradeceu de novo o mel, que ela não tinha servido. A Zofia me levou até a porta e eu não entendi que olhar foi aquele que ela me deu antes de fechar a porta e me deixar no corredor. Enquanto eu descia a escada, eu disse pra mim mesmo que não havia nada de errado em ter amigos, mas que era melhor eu não me meter onde não me queriam.

* * *

Todo mundo na minha família ficou empolgado com a notícia de que os alemães estavam lutando na França, e aí todo mundo ficou arrasado com a notícia de que os alemães tinham ocupado Paris. Um dos meus irmãos disse que era porque eles tinham um avião que virava tanque quando pousava no campo de batalha. O meu outro irmão disse que era porque eles tinham uma coisa chamada bomba de ar pesado que cercava os paraquedistas deles com um escudo que as balas não conseguiam furar. A minha mãe disse que um podia acreditar nisso e que o outro podia acreditar naquilo, mas o que estava escrito ia sempre acontecer. O meu pai disse que de um jeito ou de outro a piada que ele tinha ouvido na fábrica do primo dele era que tinham mandado milhares de tenazes da América pra arrancar da nossa cabeça os nossos sonhos de salvação.

Quando o muro ficou pronto, tinha três metros de altura com mais um metro de arame farpado em cima. Eu ainda ajudava a minha mãe com as coisas da casa e todo dia cedo ela saía pra dar uma olhada no muro. Eu perguntei se ela esperava ver que tinham derrubado tudo. Eles construíram uma ponte de madeira sobre a rua Chłodna, perto da igreja de são Karol pra ligar os dois guetos, que eram separados pela rua e pela linha do bonde. Mais adiante, um portão fechava a Żelazna e todo o trânsito parava pro bonde atravessar.

E agora tinha tifo no prédio do outro lado da rua. Os pacotes iam ficando na calçada da frente porque os carregadores se negavam a entrar.

A minha mãe e o meu pai brigavam mais por causa do que eu andava fazendo. Ele dizia que ter um *macher* numa época daquelas não era o pior dos mundos, e ela dizia que o grande *macher* estava se aproveitando do pequeno *macher*. Ele disse que ela não reclamava quando a sopa estava quentinha na frente dela, e ela disse que iam me matar ou que eu ia trazer tifo pra casa.

Todo dia de manhã ela procurava piolho na minha roupa e ensopava a minha cabeça com querosene na pia. Ela limpava o meu pescoço e atrás da orelha com um pano encharcado de querosene e esfregava a minha cabeça como se o problema fosse o cabelo. Ela me dizia que achava que nós éramos sócios. Eu dizia que nada tinha mudado. O sócio dela estava cuidando dos seus negócios particulares, eu disse.

Ela enxaguou e secou a minha cabeça e eu peguei a sacola. Depois eu senti uma culpa e disse que no dia seguinte a gente ia trabalhar junto o dia inteiro, mas ela disse que já tinha aprendido a não se apegar a nada. Ela perguntou se eu tinha saudade do meu irmão mais novo. Ela disse que se não fosse tão centrada também não teria sobrevivido. Eu repeti que a gente ia passar o dia inteiro juntos no dia seguinte, e ela disse que no dia seguinte a gente podia visitar a Terra Prometida, onde todo mundo comia figos, mel e peixe ensopado com macarrão.

Penduraram cartazes nos portões do gueto alertando que havia risco de epidemia. A minha mãe e o meu pai pararam de visitar os vizinhos do outro lado do muro e me pediram pra fazer a mesma coisa. Eu disse que sim e continuei fazendo o que eu queria onde eu queria. A minha mãe disse que sete pessoas tinham morrido na casa da frente, inclusive a sra. Lederman e os gêmeos dos Globus, e que ela estava preocupada que a gente acabasse preso ali com todos os doentes até todo mundo morrer. O meu irmão contou que tinha ouvido dizer que depois da paz os judeus iam ser todos mandados pra Madagascar, e a minha mãe perguntou o que a gente ia fazer em Madagascar. "Primeiro vamos chegar lá, depois a gente descobre", o meu pai disse pra ela.

Uma semana depois ela ficou sabendo com a mulher que vendia sabão que todos os judeus iam ser expulsos das ruas que cruzavam a avenida Ujazdowskie e também da região do Vístula. O meu pai perguntou por que a gente ia acreditar nela, e a minha mãe lembrou pra ele que a mulher era cunhada do Czerniaków. Dois dias depois ele leu as mesmas notícias em voz alta pra nós no jornal, como se a gente estivesse duvidando dele. Os habitantes judeus do bairro alemão tinham que se mudar imediatamente; os que moravam no distrito polonês podiam ficar por enquanto; e todos os novos judeus que chegassem à cidade tinham que ir imediatamente pro distrito judeu murado.

Onde é que eles iam colocar todo mundo, o meu irmão queria saber.

"Acho que eles pensam que o problema é nosso", o meu pai disse pra ele.

O Lutek contou no dia seguinte que o pai dele e os outros carregadores tinham ficado sabendo que logo ia ser proibido alugar apartamentos pros arianos no nosso bairro e que as famílias cristãs já estavam negociando pra trocar de apartamento com judeus de outras partes da cidade. "E daí?", eu disse, e o Lutek disse: "Você é uma besta", e que ele ia se dar bem com aquele monte de carrinho e de carroça indo de um lado pro outro, e ele tinha razão.

Os jornais ficavam mostrando proclamações e o meu pai ficava lendo o que elas diziam pra família, sempre anunciando primeiro: "E sob a manchete De Mal A Pior...". Cada proclamação dava uma lista das novas ruas que seriam purgadas dos judeus. As páginas ofereciam apartamentos de proprietários arianos dentro do muro pra serem trocados por apartamentos de proprietários judeus do lado de fora. Finalmente em outubro todos os judeus tiveram duas semanas pra se mudar pro bairro e foram informados de que eles tinham perdido mais seis ruas, o que significava que os que já tinham trocado de apartamento pra ficar com os daquelas ruas agora tinham que trocar de novo. Isso era necessário pra proteger a saúde e o bem-estar dos soldados e da população em geral.

    O resultado ficou parecido com uma mistura do pior bazar de rua de todos os tempos com uma evacuação de guerra. Cada rua pra onde a gente olhava era um mar de cabeças e a gente só ouvia um falatório terrível e gritos. O Lutek e eu passamos quase o tempo todo no portão da rua Leszno. Judeus empurravam carrinhos transbordantes e carroças pra dentro do muro enquanto polacos tentavam empurrar os carrinhos pra fora, e as discussões sobre quem podia passar e quem tinha que esperar significavam que demorava horas pra ir de um ponto a outro. Colisões jogavam mesas, cadeiras, fogões e panelas no calçamento, e metade da carga de uma família era afanada antes de eles conseguirem juntar a outra metade. O Lutek e eu seguimos a multidão pra chegar até as carroças e pegamos o que deu pra levar. Às vezes as crianças ou os mais velhos que estavam nas carroças viam o que a gente fazia e gritavam com os que iam na frente, mas naquele aperto os pais dos garotos nunca conseguiam chegar a tempo até a gente. Eu peguei um relógio de lareira e o Lutek arrancou um tapete oriental inteirinho. A polícia alemã e a polonesa ignoravam os carrinhos poloneses, mas agarravam o que bem queriam dos judeus. Um dos judeus reclamou, e viraram o carrinho dele.

    Em algumas ruas mais estreitas os donos dos carrinhos que não tinham encontrado apartamento iam de casa em casa gritando pras janelas se alguém tinha cômodos vagos. Quem tinha um carrinho cobrava o que queria, e quem era carregador também, então o pai do Lutek e os outros ganharam dinheiro ocupando a calçada na frente dos prédios. As pessoas que estavam se mudando descarregavam colchões de penas e cestos de roupa, mas os carregadores jogavam tudo por cima da cerca, nos quintais, e as famílias tinham que pagar pra ir pegar de volta. Em toda rua havia crianças perdidas chorando e andando sem rumo. Tudo o que o Lutek e eu pegávamos a gente guardava no porão do prédio do pai dele, junto com o que o pai tinha reunido.

A gente acabou se separando na véspera do prazo final e eu fui jogado no chão quando tentava me aproximar de um carrinho. Rastejei até a entrada de um prédio e tentei recuperar o fôlego. Um menino deu um puxão na minha sacola enquanto eu rastejava, e eu dei um chute nele e o espantei dali. Perdi o equilíbrio na hora de levantar e quase pus a mão num oficial da ss. Ele e três subordinados estavam olhando um policial polonês que tinha deixado cair uma papelada da sua bolsa de couro. O policial estava no meio da rua gritando pras pessoas darem a volta longe dele, mas toda vez que ele se agachava a bolsa escorregava do seu ombro e mais papéis caíam. O oficial da ss ria com seus homens. Até eu vi que eles tinham medo dele. O cabelo por baixo do quepe parava bem longe do ombro, e alguma coisa naquela barba por fazer parecia perigosa.

Os meus joelhos ainda estavam doendo por causa da queda e eu pus as mãos neles. O oficial fez a mesma coisa, os subordinados perceberam e sorriram. Ele me olhou com os olhos apertados como se tivesse dito alguma coisa engraçada, fez um gesto pros seus homens e eles foram embora, um deles olhando pra trás e dando uma piscadela antes de ser engolido pela multidão.

No dia do prazo final, o Lutek e eu vimos uma carroça lotada com uma pilhagem maravilhosa — uma gaiola dourada, um faqueiro de padrão dégradé num estojo aberto — e fomos atrás dela até sermos obrigados a desistir porque a multidão era inacreditável. O Lutek ficou enfurecido e subiu num poste em busca de outras oportunidades enquanto eu fiquei ali embaixo dele, encostado no poste. Aí a gente ouviu uma fanfarra de cornetas e fôrmas de bolo e os portões do quintal do outro lado da rua se abriram, e dois zeladores idosos deram um jeito de abrir caminho no meio das pessoas que estavam na rua e um grupo de crianças com cornetas, panelas e colheres de madeira entrou em fila indiana na rua. Um menino no meio segurava um mastro com uma bandeira verde bem forte e uma estrela judaica, preso num talabarte na cintura. Mais filas foram saindo das trevas atrás deles, meninos de todo tamanho segurando brinquedos e livros contra o peito e cantando.

"O que é isso?", o Lutek perguntou. A gente não conseguia ouvir o que eles cantavam, e mais meninos continuavam chegando, umas vinte filas de meninos no mínimo, e atrás delas vinham carroças entupidas de cestos de vime atados com barbante e panelas de ferro, tábuas de pão sujas de farinha, baús amarrados com corda, caixas de livros, conchas e escumadeiras, e aí uma carroça lotada de carvão e outra com batatas. Outras crianças e adultos lutavam pra pegar as batatas e o carvão que se espalhavam no calçamento quando as carroças viravam pra entrar na rua. Todas as carroças tinham gerânios vermelhos nas janelas laterais, e embaixo deles enfeites de estandartes. Os carroceiros estavam com máscaras caseiras que pareciam bicos de aves, com plumas e penas. A gente se aproximou e ouviu alguém dizer que era o orfanato de Korczak que tinha sido obrigado a se mudar. E aí veio ele, com a sua careca e o cavanhaque amarelo de novo, o último a sair da sede antiga antes de fecharem os portões do quintal. Ele puxava pelo braço uma mulher pesada e lutava pra seguir no ritmo da última carroça. A mulher era tão alta quanto ele e parecia ter mais medo da multidão.

Eles foram empurrados pra perto de onde a gente estava e por um tempo nós fomos levados junto com eles. Eu fiquei pensando se ele ia me reconhecer, mas não reconheceu. Ele e a mulher pesada tinham que gritar um com o outro pra se ouvir. Ela perguntou quanto tempo ele achava que aguentava sem dormir, e ele gritou pra ela que quando era jovem a mãe tinha entrado no quarto dele no meio da tarde e o arrancado da cama pelos pés. "Ela perguntou se era assim que eu pretendia virar médico", ele gritou. "Passando a noite toda na rua. E eu disse: 'Médico? Eu pensei que eu estivesse estudando pra ser um pervertido'."

A gente foi atrás deles até o portão do gueto menor na Chłodna, onde a polícia polonesa e a alemã estavam conferindo os documentos. Todas as carroças do orfanato tinham passado, só não a das batatas, que estava parada ao lado da guarita dos guardas. O carroceiro estava com as mãos na cintura vendo dois policiais poloneses descerem do cavalo deles. Ele tinha baixado a máscara de ave e ela pendia debaixo do queixo dele. Uma pluma tremulava ao lado da sua orelha.

"O que está acontecendo?", Korczak perguntou ao policial polonês na nossa frente. "Por que a minha carroça não passou?"

"Essa carroça não é sua", um dos policiais alemães disse pra ele. "É minha."

Eles discutiram em alemão. A mulher pesada estava morrendo de medo e tentava puxar Korczak pelo portão, mas ele afastava a mão dela. Ele gritou alguma coisa pro alemão e depois repetiu pro policial polonês: que se o alemão não liberasse as batatas ele ia relatar o roubo aos seus superiores. A expressão desinteressada do alemão sumiu e ele disse em polonês: "Então você está tentando me meter medo, judeuzinho?", e o Lutek deu um puxão na minha camisa por trás que até rasgou.

"Vocês estão com ele?", um policial polonês disse, parado na nossa frente. Ele apontou um cassetete pra Korczak. "Ele está bêbado?"

"Eu nem sei quem é ele", eu falei, e o Lutek me puxou de novo, e uma mulher com uma galinha numa gaiola de palha abriu caminho e quase derrubou o policial. Ele deu uma cacetada nela e mais outra, e o Lutek gritou no meu ouvido: "O que você acha que é isto aqui? *Brincadeira?*", e me deu um puxão tão forte que eu caí de joelhos, e aí ele me pôs de pé e me arrastou rua abaixo.

Famílias acampavam nos corredores e brigavam por um pedaço de calçada. Uma se instalou na nossa escada perto do último andar. Eles estendiam as roupas e os lençóis nos corrimãos. Ninguém tinha dito que o gueto seria fechado e que as feiras fora dos muros seriam declaradas ilegais. Havia longas filas na frente das lojas de alimentos e tudo foi vendido. A nossa família, claro, não estava preparada e não tinha guardado dinheiro. Mais duas famílias se mudaram pro apartamento dos nossos vizinhos da frente e a minha mãe disse que era só questão de tempo até alguém vir pro nosso. Quando ela reclamou disso o meu pai lembrou a ela que a cristã dona do prédio tinha morado ali trinta e sete anos e teve que deixar quase toda a sua mobília pras tropas. Ele se animava lendo no jornal as listas de mortes alemãs na guerra. Dizia que era a sua Página de Felicidade. Ele também pagava dez groszy a mais por um jornal alemão que mostrava fotos das cidades deles depois dos bombardeios aliados.

Nós ouvimos dizer que o gueto menor do outro lado da Chłodna tinha atraído os judeus mais bem de vida e era menos lotado. O nosso vizinho disse que ali na frente eles estavam em nove em cada quarto. A família da escada acolheu outros parentes e tentava vender roupas velhas e sacarina na frente do prédio e gritava e brigava noite adentro. De manhã a gente tinha que passar por cima deles pra descer a escada.

Os meus pais também brigavam. A minha mãe dizia que a gente parecia um bando de náufragos e que o apartamento estava imundo, e o meu pai dizia que se a gente não tinha dinheiro pro pão não tinha também pro sabão. Ela dizia que quando a gente estivesse com tifo não ia precisar de dinheiro pra sabão, e ele dizia que quando a gente estivesse com tifo ele nunca mais ia ter que ouvir ela reclamar. O meu irmão mais velho disse pra eles que não achava que um casal devia brigar como eles brigavam.

Às vezes, se a briga fosse pior, a minha mãe deitava do meu lado e ficava chorando. Eu punha a mão na cabeça dela e dizia pra mim mesmo que eu não me importava com o que eles faziam porque eu estava indo pra onde eu queria e fazendo o que eu queria.

Mas por causa dos piolhos eu não estava dormindo. A minha mãe então ferveu a minha blusa, que estava tão infestada que dava pra ver eles andando, mas as lêndeas sobreviveram à fervura e tiveram que ser mortas com o ferro de passar roupa. Elas deixaram manchas cinzentas e gordurosas quando derreteram embaixo do ferro, e só sumiram por um tempo, já que tudo o que a gente desinfetava acabava sendo reinfetado por todas as outras coisas. A minha cintura estava tão feia que parecia que eu estava sempre ajeitando a calça. Eu acordava com coceira. De manhã eu passava as unhas pela cabeça e largava o que eu agarrava na tampa quente do fogão pra ver eles fritarem.

Subi no bonde ainda me coçando e um policial polonês falou pra eu dar o meu casaco pra ele. Era pequeno demais pra ele, eu mostrei os cotovelos, que estavam gastos e furados, e ele disse: "Me dá aqui assim mesmo". Eu disse claro e acrescentei que estava saindo do hospital e estava com tifo. Penteei o cabelo com a mão, esfreguei os piolhos na minha manga, dei um passo na direção dele e ele foi pra parte de trás do carro e desceu no outro ponto.

O meu pai voltou da fábrica de tecidos trazendo o que ele disse que era uma boa notícia. O seu primo tinha transformado uma parte da fábrica num dormitório pra refugiados que podiam pagar e por isso ele tinha sido obrigado a demitir alguns operários, mas o meu pai não tinha sido um deles. Ele andava preocupado com isso porque ele e o primo não estavam se dando muito bem. Pra comemorar ele trouxe pão, cebola e marmelada, coisas que a gente não via desde o racionamento começar e que os meus irmãos comeram antes de eu voltar pra casa. A gente comeu o resto do pão e das cebolas com um pouco de kishke que a minha mãe tinha feito com tripa de novilho e tempero. O meu pai não leu o jornal em voz alta. Um caminhão alemão passou com um alto-falante e a única mensagem em polonês foi que agora estava proibido falar "gueto judeu" e que o termo correto agora seria "bairro judeu". "O que você acha aqui do nosso bairro judeu?", o meu pai perguntou à minha mãe. "Eu acho meio encarcerado", ela disse.

O Lutek já tinha arranjado um jeito de sair do gueto antes mesmo de ele ser fechado. Ele me mostrou como numa manhã em que choveu tão forte que todo mundo ficou em casa. Numa ruela perto da rua Przejazd o dono de uns apartamentos tinha construído uma casinha que parecia uma gaiola, com arame e madeira em volta pra evitar que roubassem os seus cestos de lixo, e dentro da casinha, atrás dos cestos, o Lutek tinha escavado uma passagem que começou como um ralo de esgoto. O cheiro era sufocante e a primeira vez que vi aquilo achei que nunca ia caber ali. Eu tinha que deitar de costas, empurrar com os pés e ir espremendo um ombro de cada vez pelo buraco. Perguntei por que ele não tinha feito maior, e ele disse que deu muito trabalho e quanto menor fosse era melhor e mais fácil de esconder, e que ele achava bom que só a gente conseguisse passar. A casinha tinha um teto, então quando a gente estava lá dentro ninguém podia ver. E ele tinha pregado uma folha de lata em cima do buraco de um jeito que mesmo que alguém que estivesse lá dentro não ia necessariamente ver. Eu perguntei quando ele tinha feito aquilo e ele disse que foi depois do toque de recolher. Eu disse que era impressionante e ele disse que era mesmo. Eu disse que ele tinha feito tudo sozinho e ele concordou e disse que por causa disso a nossa divisão ia ser 70-30.

Então por umas semanas a gente se virou. Ele fez um acordo com uns meninos poloneses, uma gangue da rua Łucka, e por cinco złotys por carga eles mantinham os chantagistas afastados. Os amigos do pai dele traziam o que queriam que a gente vendesse do outro lado, e a gente levava lençóis, prataria, ferramentas, panelas, frigideiras e o que a gente conseguisse fazer passar pelo buraco, e voltava com trigo, batata, leite, manteiga, cebola e carne. O Lutek conseguia trazer vinte quilos de batata ou de cebola numa viagem. Às vezes do outro lado uns meninos que a gente conhecia ficavam pechinchando e enchendo as suas sacolas. Uns menores subiam no muro e ficavam ali esperando que nem esquilos. Quando a polícia aparecia cada um sumia na sua toca.

Outras gangues ficaram sabendo e começaram a usar o buraco. Quando a gente tentou impedir, eles bateram em nós. Quando a gente voltou com canos de metal, eles estavam em muito mais gente e, além disso, eram maiores que a gente. Depois de tomarem posse eles fizeram tanto estardalhaço na hora de atravessar que um menino foi preso pela polícia judia e entregue aos alemães, que deram um tiro na cara dele. A gente viu ele depois, ainda na rua, com a bochecha rasgada, estendido em cima da grade de um bueiro. Eu não quis olhar mas o Lutek ficou de pé ao lado dele com as mãos na cintura como se matar aquele menino tivesse sido ideia dele. O nosso buraco tinha sido lacrado com cimento e o Lutek me disse: "Três semanas, toda noite eu trabalhei nisso aí".

Primeiro nós ficamos desanimados, depois ele disse que a gente estava fazendo aquilo do jeito mais difícil e que um amigo do pai dele agora estava na polícia judia e trabalhava no portão da rua Leszno. A gente ficou olhando o sujeito um ou dois dias. Todas as três polícias tinham os seus postos de vigia, os alemães e poloneses de um lado e os judeus do outro. A gente chamava os judeus de amarelos por causa das faixas que eles usavam no braço e os polacos e alemães de azuis e verdes por causa dos uniformes. O Lutek dizia que os judeus eram vigiados pelos amarelos, os amarelos pelos azuis, os azuis pelos verdes e os verdes pela Gestapo. E onde é que estava a Gestapo?, eu quis saber, e ele disse "Arrá!" como se eu tivesse dito uma coisa muito inteligente. Todo mundo vivia chamando todo mundo pra vir traduzir pros soldados ou resolver probleminhas na hora de atravessar os portões, e durante um plantão os verdes e os azuis tinham começado um negócio com o amigo do pai do Lutek. "Então é só uma questão de garantir que todo mundo leve o seu", o Lutek disse. O amarelo levava cinco, o azul levava dez e o verde levava vinte złotys por pacote. Uma hora boa de atravessar era quando os guardas precisavam revistar muitos carros que tinham ficado acumulados. A gente só precisava ficar parado onde desse pra ver tudo e aí aprender a esperar, esperar, esperar. Quando era seguro fazer as trocas o amigo fazia um sinal pro azul entrar pelo portão e a gente podia correr.

O pai do Lutek também contou pra ele de um novo sistema pra escapar das extorsões: quando os chantagistas cercavam do outro lado do muro a gente chamava os azuis e dizia que era um assalto e que era melhor levar todo mundo pra delegacia e resolver aquilo. Esse era o código pros azuis prenderem a gente, e aí os chantagistas fugiam. Na delegacia a gente dava a comissão dos azuis e era liberado quando a barra ficava limpa.

Uma semana depois a gente estava esperando pra atravessar quando a Zofia e outra menina de cabelo preto encaracolado apareceram com duas cestas de mantimentos. Elas largaram as cestas, tagarelando e rindo, a outra menina sacudiu o cabelo como se tivesse acabado de tirar um chapéu, elas arrancaram suas braçadeiras, ergueram de novo suas cestas, passaram direto pelos três postos de vigia e saíram do gueto. O verde até disse algum tipo de "oi" quando elas passaram. A Zofia acenou com a mão e respondeu alguma coisa que ele parece que gostou.

No dia seguinte a gente foi até o apartamento dela perguntar se ela e a amiga queriam entrar pro nosso grupo. "Que grupo?", a Zofia perguntou, e não pareceu nada impressionada quando eu expliquei o que a gente tinha armado.

O nome da outra menina era Adina. Ela vinha de Baranowicze e dava pra ver que era do leste por causa do sotaque cantado. Ela disse que era um ano mais velha que nós. Era pálida, magra e os olhos negros dela eram tristes. Não gostava de falar e sempre ficava brava quando faziam alguma pergunta pra ela. Ela disse que um dia chegou em casa depois de entregar as suas costuras e os alemães tinham levado os primos dela pra fora da cidade num caminhão e forçado todos eles a pularem numa fogueira. Quem não quis pular foi morto a tiros. Um primo que fugiu pra floresta foi quem contou pra ela. Depois toda a família dela tinha sido levada pro oeste junto com outras famílias, passando por três vilarejos, e quem não conseguia acompanhar o ritmo levava tiros como se fosse um pato, até que todos foram colocados em caminhões e mandados pra Varsóvia. Ela disse que tinha trazido suas melhores roupas, mas que a mãe dela só tinha conseguido trazer a panela de cerâmica do ensopado com três garrafas de azeite de cozinha dentro.

O Lutek ficou perguntando sobre a parte da fogueira até que a Zofia disse que se ele não parasse ela mesma ia jogar ele numa fogueira.

Então eu preferi perguntar do azeite. "O que é que você está olhando?", a Adina disse pra mim, fazendo uma careta. "Ele está apaixonado", o Lutek disse pra ela. "Ele me deixa preocupada", ela disse pro Lutek. "Por que a sua mãe quis salvar o azeite?", eu perguntei pra ela de novo.

Ela disse que os seus pais tinham uma loja que vendia o azeite que o pai dela produzia e que lhe dava muito orgulho. Ele morreu antes da guerra e a loja estava indo muito mal das pernas mesmo antes dos alemães chegarem. A mãe dela ainda se lamentava por causa disso e toda vez que alguém pedia fiado ou um favor ela dizia: "Claro, é gostoso trepar na cama dos *outros*". O Lutek disse que esse podia ser o lema do nosso grupo, e a Zofia disse de novo que não sabia por que ele estava achando que eles iam formar um grupo.

"Mas bem que a gente podia mesmo fazer alguma coisa", a Adina disse pra ela. Ela contou que na casa dela, quando voltava da rua, sempre tinha alguma coisa que ela precisava fazer, mas que aqui ela ia pra rua e aí voltava rapidinho pro apartamento, porque o que tinha pra ela fazer naquelas ruas?

O Lutek perguntou o que tinha feito elas pensarem que podiam simplesmente passar pelos portões, e a Adina contou que sempre teve um talento pra esse tipo de coisa. Quando eles chegaram à cidade e passaram pelo centro de recepção de refugiados ela disse pra mãe que ia esconder o dinheiro deles e deu um jeito de ser a primeira quando a família fez fila pra revista. Uma mulher Volksdeutsche ficou muito tempo mexendo no cabelo da Adina, como se ela tivesse guardado os seus tesouros ali, depois achou um pacote no bolso da saia dela, arrancou dali e exclamou: "E isto aqui é o quê? Diamantes?", e virou tudo na mesa só pra descobrir que eram balinhas. A outra Volksdeutsche riu e a mulher deu um tapa na cara da Adina e a jogou pra fora da sala sem achar as moedas de ouro que ela também estava levando.

Nós todos trabalhamos juntos uma semana, até que uma velha polonesa agarrou a Adina e gritou: "Contrabandista! Contrabandista!" quando elas estavam voltando para o portão, então o Lutek agarrou a velha e começou a gritar a mesma coisa, e o amigo do pai dele teve que arrastar os três pros verdes e pros azuis pra dar um jeito naquilo. A Zofia e eu andamos uma quadra antes de parar pra olhar. A regra entre a gente era sempre seguir em frente se um fosse parado. A velha fazia um escândalo que dava pra ouvir dali. A Zofia disse que o Lutek tinha jogado o que estava levando na sacola dela.

"Isso aqui vai demorar", ela disse, e eu falei que achava que ela tinha razão. A gente não tinha pra onde ir. Ela estava preocupada que a Adina apanhasse mesmo se depois liberassem ela e disse que devia ter ido no lugar dela. Quando ela tinha sido pega, por causa da aparência dela, os azuis bateram, mas não como se ela fosse judia.

"O que é que deixa os velhos desse jeito?", ela perguntou. Eu falei que não sabia.

Ela disse que uns dias depois que a cidade se rendeu alguém tinha falado pra mãe dela que o pai do pai dela, o seu outro avô, queria falar com ela. A Zofia nunca tinha visto esse homem. Era um estudioso rabínico, ela nunca soube de que tipo.

Eu esperei ela continuar. Eu estava feliz por a gente estar conversando desse jeito.

Ela disse que os seus pais contaram que esse avô tinha muito dinheiro, ela não sabia por quê, e que a mãe dela estava empolgada porque aquela talvez fosse a chance de eles emigrarem. A Zofia nunca tinha visto o homem porque quando o pai dela casou com uma não ortodoxa o pai dele disse que pra ele o filho estava morto, que ele já tinha enterrado o filho e vivido o luto.

"E aí, como ele era?", eu perguntei.

"A única coisa que o meu pai me contou foi que ele escrevia cartas pra Deus", ela disse. "Isso parecia uma ideia interessante. Eu fiquei pensando o que ele fazia com elas."

"E aí, como ele era?", eu disse.

"A única coisa que a minha mãe me contou sobre ele foi que ele tirava dinheiro de árvore", ela disse. Os freios de um bonde gritaram na curva da Chłodna, e quando ela tocou a boca com os dedos eu fiquei com vontade de estar com ela em algum lugar tranquilo e seguro. "E aí eu estava sendo convocada pra ver esse homem, sozinha, e a minha mãe estava muito empolgada e angustiada, e o meu pai estava bravo com ela por ter deixado todo mundo atiçado. Eu me lembro deles discutindo o que eu devia vestir, e aí eu fui despachada pra uma casa grande e escura e me mandaram entrar. Uma velha abriu a porta, desapareceu e eu subi uns lances de escada. Eu não sabia pra onde estava indo e tive que tatear nos patamares, mas deu pra ver uma luz no último andar. O último andar era uma sala escura e comprida de teto angulado. No fundo da sala tinha um velho de barba sentado atrás de uma mesa entupida de livros. Algumas pilhas de livros iam até o teto. Tinha pilhas no peitoril das janelas. Teias de aranha em todos os cantos, até na luminária, então eu parei pra ver se ele ia falar alguma coisa. Aí eu acabei dizendo 'oi', mas achei que ele era surdo. Ele ergueu os olhos e fez um gesto pra eu me aproximar. Eu me abaixei pra evitar as teias de aranha e fui andando. Quando eu estava na metade do caminho ele ergueu a mão, eu parei e ele ficou um tempo me olhando. Um relógio fazia tique-taque em algum canto da sala. Eu disse 'oi' de novo, aí dei um passo e ele ergueu a mão de novo. Então eu falei quem eu era. O rosto dele não se alterou, e ele acenou com a mão pra eu ir embora. Eu dei um passo pra trás, pra ver se era isso mesmo que ele queria dizer, e ele voltou a ler."

"Então ele acabou nem falando com você?", eu disse.

Os verdes e os azuis perderam a paciência e começaram a bater na cabeça da Adina e na cabeça do Lutek. A Adina cobriu a cabeça com as mãos, e aí um deles bateu nas mãos dela. Depois ele parou e todo mundo voltou aos seus postos.

"Eu não devia nem estar aqui com você, você não é nada higiênico", a Zofia me disse. Eu pus uma mão no pescoço, como se desse pra esconder os piolhos.

Lutek e Adina desapareceram pela rua Żelazna e a velha ficou lá parada falando sozinha mais uns minutos antes de ir embora. Quando ela sumiu, a Zofia levantou e com as mãos tirou a terra da saia.

"Quando a guerra começou, na hora de arranjar comida eu sempre era mais esperta e dava algum jeito de passar, enquanto o meu pai e o meu irmão ficavam horas na fila e não pegavam nada", ela disse. "A minha mãe acha que o que me dá energia é uma fonte de rancor." Ela bateu no peito. "Acho que ela está certa. Dá pra sentir bem aqui."

O tifo estava em todo lugar e o prédio da Zofia estava tomado por ele. Ela andava com um potinho de azeite e parafina pra esfregar no corpo e evitar os piolhos, e não me deixava sentar perto dela. Ela também não deixava o Lutek, mas quando ela

disse isso, ele falou: "E quem é que quer sentar perto de você?".
A gente ficava olhando o comércio constante na Gęsia. Na nossa frente uma mulher estava vendendo roupa de baixo infantil e o forro de um sobretudo. Quando viu que estávamos olhando, ela mostrou o que tinha como se fosse um pote de ouro e disse que devia ter perdido o juízo por estar dando aquelas coisas a troco de quase nada. Um mendigo ao lado dela estava sentado em cima das mãos e segurava a caneca de esmolas com os pés descalços. A gente estava ali esperando porque alguém vinha nos trazer pedidos e encomendas e já estava atrasado.

"Talvez ele também esteja com tifo", a Zofia disse, e o Lutek disse que agora estava cansado desse tema. Será que a gente devia falar só de comida o dia inteiro que nem ele, a Zofia quis saber, e ele disse que não conseguia saber qual era mais chato. Os ricos só falavam de quando iam receber a vacina e os pobres só falavam de quando iam pegar a doença.

A minha mãe perguntou se os meus amigos eram limpos, e eu disse que *eu* é que tinha mais piolhos que todo mundo. Então ela me arrastou de novo pra pia e encharcou mais uma vez a minha cabeça, o meu pescoço e o meu peito com querosene. Os meus irmãos, que estavam indo trabalhar, vieram me segurar e incentivar minha mãe.

"Pelo *som* você está bom", ela disse, quando eu me libertei e ela ouviu a minha respiração. Ela me falou pra ficar longe das ruas, em quarentena.

A Zofia disse que o inspetor sanitário da casa deles falou pro pai dela que a rua Krochmalna era a principal incubadora do gueto e que os alemães tinham dito que se pudessem iam queimar tudo nela.

"Que bom que ninguém que a gente conhece mora na Krochmalna", eu falei.

A Adina disse que agora, de qualquer maneira, a rua estava cercada e que estavam levando todo mundo nuns caminhões enormes pro banho de Spokojna. Dava pra ver que ela tinha pena da Zofia, que sempre que encontrava um piolho agia como se fosse o fim do mundo.

"E esses banhos funcionam?", a Zofia perguntou.

A Adina disse que tinha perguntado isso pra alguém, mas que em vez de responder ele tinha dito que crianças e peixes não deviam ter voz.

"É nos banhos que você pega piolho", o Lutek disse. "Ou na fila da despiolhação. E o enxofre que eles usam também não mata nada."

"Sem barba que nem um gói", o mendigo ao lado da mulher rosnou pra ele. "Onde é que estão os seus peiot? A sua família não usa? Será que não está mais na moda?"

"E você é o quê, o rabino de Varsóvia? Cala a boca", o Lutek disse pra ele.

O homem que a gente estava esperando não apareceu e chegou a hora do novo ramo de atividade que a gente chamava de Pegar o Bonde. A gente tinha um acordo com o azul que escoltava o número 10. Foi a Zofia quem conversou com ele. Os bondes arianos eram proibidos de parar no gueto, mas o 10 tinha que diminuir a velocidade pra fazer a curva pra Zamenhofa, onde a Adina ficava de sentinela e não tirava o chapéu se estivesse tudo em ordem, aí o Lutek e eu corríamos pros sacos que jogavam.

Um dia os verdes nos pegaram e correram atrás do Lutek em vez de me perseguir, e eu me escondi numa loja que vendia fósforos, cigarros e garrafinhas de remédio caseiro até o dono achar que eu estava esperando pra roubar alguma coisa e me expulsar. Um amarelo que estava parado ao lado da sua bicicleta com uma moça veio se aproximando de mim. Ele estava usando paletó e calça dele mesmo e quepe e braçadeira do uniforme amarelo. Ele era mais baixo que eu e tinha orelhas imensas. Ele agarrou a minha manga e perguntou o que eu tinha no saco, e eu falei que precisava ir embora. Ele sorriu e levantou um dedo, exibindo-se pra mulher. Ela não era muito alta, mas ainda era mais que ele.

"Não está me reconhecendo?", ele disse, e aí eu reconheci: ele tinha sido capataz na fábrica do primo do meu pai, aquele que me mandava raspar os tecidos. O nome dele era Lejkin.

"Gostei da sua bota", eu disse pra ele.

"Ela também gosta", ele disse, e a mulher enrubesceu. "É como eles dizem: um policial de sapato é só meio policial."

Eu falei de novo que tinha que ir embora. Ele disse que, pra falar a verdade, eu não tinha que ir e que eu podia escolher subir no guidão e ir com ele ou caminhar com ele até a outra quadra, onde ele ia dizer pros alemães que tinha achado um contrabandista.

Ir com ele pra onde, eu perguntei, e ele disse que ia me dar uma carona pra casa. Eu perguntei por quê, e ele disse que gostava de fazer favores aos outros. "Os baixinhos têm que se ajudar", ele disse. Ele amarrou o meu saco de cebolas no suporte em cima da roda de trás e cumprimentou a mulher com o quepe. Aí firmou o guidão pra eu poder sentar. Eu quis dizer que aquela bicicleta era grande demais pra ele, mas fiquei com medo que ele me entregasse aos alemães.

"A gente se vê", ele disse pra mulher, e ela riu e disse: "Veremos", enquanto ele começava a pedalar.

Eu era tão ossudo que o guidão me machucava quando a gente passava pelas pedras do calçamento. Eu não sabia se algum dos meus amigos tinha visto o que havia acontecido.

Ele perguntou se eu conhecia mais alguém no Serviço de Ordem Pública Judaica. Eu disse que não. Ele perguntou se muitos dos rapazes que eu conhecia queriam ir pro Serviço de Ordem. Eu disse que não. Ele pedalou mais um pouco e aí disse que era estranho: ele só tinha conseguido aquele emprego porque o seu primo tinha posto o nome dele na lista. Alguém entregou um quepe, uma braçadeira amarela e um caderno de regras pra ele, e pronto, ele estava na ronda.

"Claro que a gente recebeu um treinamento", ele acrescentou quando eu não disse nada.

"Você vai me arranjar uma descalçadeira", ele disse umas quadras depois, quando me largou na frente do meu prédio. "Eu preciso de uma dessas coisas de tirar bota."

"Como eu vou saber onde achar uma descalçadeira?", eu perguntei.

"Como é que as pessoas descobrem onde achar qualquer coisa por aqui?", ele respondeu. "Dê uma olhada por aí. Mande um abraço pro seu pai." Aí ele deu um peteleco no meu nariz, pegou embalo e foi embora.

Com a notícia de que os apartamentos seriam requisitados de um jeito ou de outro, o meu pai disse que tinha ido procurar inquilinos que pudessem pagar alguma coisinha, que ia ser bom se um judeu pudesse ter arenque na mesa uma vez por semana. A minha mãe disse que só concordaria se as pessoas que ele achasse passassem primeiro pelas unidades de desinfecção e aí mostrassem pra ela os certificados de despiolhamento. Ela achava que isso ia pôr um fim nesse problema, já que as filas nas estações te faziam esperar um dia e uma noite inteira, mas uma família de quatro pessoas apareceu já na manhã seguinte e cada um entregou pra ela os certificados enquanto ia entrando no nosso apartamento carregando o que eles tinham. Todos usavam muitas camadas de roupas, tanto por causa do frio quanto pra ficar mais fácil carregar as outras coisas. Eles não pareciam limpos, mas como o meu pai disse pra ela também não eram mais sujos que os outros. "Eles devem ter comprado aqueles certificados em vez de esperar na fila", a minha mãe disse, e era o que eu e o meu pai imaginávamos, apesar de só termos dado de ombros.

Eles trouxeram como oferenda um pouco de kasha mole e conservas de nabo, uns charutinhos de repolho, que eram bem mais apetitosos, e um potinho minúsculo de mel que o pai disse que a gente talvez fosse querer usar no mercado de trocas.

Ele era um sujeito alto e piadista, a esposa era baixinha, tinha uns olhos enfurecidos e parecia decepcionada com tudo no nosso apartamento. Ela olhou pra nossa cozinha e falou: "Gelo na panela, torneiras congeladas e nem uma gota d'água". A filha deles disse que tinha dezenove anos e o filho disse que estava com fome. Ele tinha mais ou menos a minha idade. Quando estava comendo, ele disse pra gente que se chamava Boris.

Os pais e a irmã dele ficaram com a cozinha e, como a minha mãe e o meu pai estavam no quarto, a gente então dormia no corredor. Era mais frio ainda ali. Os pés dele ficavam na minha cara. No meio da noite ele parece que percebeu que eu ainda estava acordado e começou a falar bem baixinho. Disse que a família dele tinha ocupado o apartamento onde eles estavam antes, que eles simplesmente invadiram o apartamento de outra família. Depois os alemães tiraram o apartamento deles. Ele disse que no abrigo da sinagoga todos os meninos roubavam pão das outras famílias e que o que eles não comiam trocavam por cravos de ferradura que usavam em jogos. Ele disse que tinha conseguido o mel do lado de fora do gueto quando um OD virou as costas e fingiu que não viu ele indo e vindo. Eu perguntei o que era um OD e descobri que era assim que ele chamava os amarelos, por causa do nome alemão deles, Ordnungsdienst, o Serviço de Ordem. Depois de ficarmos ouvindo meus irmãos roncarem, ele perguntou se eu achava que ele parecia forte.

"Você está falando comigo?", eu perguntei. Ele disse que sim. Perguntou de novo se eu achava que ele parecia forte. Eu disse que até achava.

Ele disse que isso era porque ele era forte mesmo. "Contrabandista come mais que os outros porque trabalha mais pesado", ele disse. O rosto dele tinha marcas de catapora e ele estava com cara de quem dividia o chão com um doente.

Eu disse a ele que os contrabandistas não costumavam sair por aí dizendo que eram contrabandistas, e ele riu pelo nariz. "Acho que você não é da Gestapo", ele disse.

"Nunca se sabe", eu falei.

Ele perguntou quanto tempo fazia que a gente morava ali. Disse que odiava o vilarejo deles e que, quando ele e os amigos pisotearam a horta do vizinho, o vizinho saiu de casa e tentou bater neles com uma cinta de couro. Aí soltou o cachorro em cima deles e todo mundo foi mordido. Cachorro odeia pobre, ele acrescentou, pensando melhor. Ele falava com as mãos, como um judeu.

Ele contou que tinha sido expulso do Grupo Escoteiro Polonês depois que disseram que ele não ia poder jurar sobre uma Bíblia cristã por ser judeu e dele então ter sugerido ao líder da tropa que, em vez da Bíblia, usassem um catálogo de peças de reposição. Ele disse que o seu único amigo de verdade não tinha aparecido pra se despedir no dia em que ele foi embora. Disse que tudo isso era uma vantagem porque assim ele nunca sentia saudade de casa. E que isso era melhor do que ter uma casa que te desse saudade.

Ele disse que o pai tinha um fraco por bebida e que eu já devia ter percebido que ele nunca recusava um brinde. "E por que ele iria recusar?", ele perguntou.

Se ele estava querendo discussão, comigo não conseguiu. "Logo vocês vão ter problemas com a minha mãe também", ele falou. Ele disse que nunca demorava muito pra ela ter certeza de que estavam passando a perna nela, por isso ela estava sempre gritando com alguém. Eu perguntei se a irmã dele também daria problema, e ele disse que ela era tão tímida que falou pra ele que se um dia se casasse ia querer que fosse num porão pra ninguém ver.

Eu perguntei o que tinha acontecido com a mão da irmã dele, e ele disse que a caminho de Varsóvia o pai tinha deixado ele cuidar das rédeas da carroça e que ele tinha conduzido tão mal o cavalo na hora de atravessar uma ponte que virou a família numa vala.

Eu perguntei como eles conseguiram colocar a carroça de pé de novo e ele disse que contava essas histórias pras pessoas porque achava que era importante ter bem claro na cabeça o que você aceitaria e o que não aceitaria fazer, e que por isso ele tinha crescido e se tornado uma pessoa de olhos abertos. Se é que tinha crescido mesmo, eu disse, e ele disse que ia me mostrar o quanto tinha crescido assim que tivesse uma chance.

Eu falei dele pro nosso grupo, repeti algumas das suas histórias e o Lutek disse que era pra eu ir com ele no dia seguinte. A Adina quis saber por quê, e ele disse pra ela não se preocupar porque o Boris, o amigo do Shemaiá, provavelmente não ia durar muito mesmo, com o que a gente andava aprontando.

"Por que você está me chamando assim?", eu perguntei.

"Não é assim que os seus irmãos te chamam?", ele disse.

Quando todos estavam dormindo à noite, eu disse pro Boris que era pra ele ir encontrar o pessoal no dia seguinte. Ele disse que queria muito ser o nosso líder. Eu disse que pra ele as aulas iam começar assim que o sol nascesse, então era melhor ele descansar um pouco.

A minha mãe e o meu pai ficaram transtornados com a notícia de que as três linhas de bonde pros judeus seriam encerradas, e isso na pior parte do inverno. A minha mãe perguntou por que teve que viver pra ver anos tão horrendos, e o meu pai disse pra ela que provavelmente ainda haveria anos piores pela frente. As linhas de bonde seriam substituídas por apenas uma, que não recebeu número, só um escudo com a Estrela de Davi. O Lutek disse que a nossa maior preocupação era que os bondes arianos parassem de passar pelo gueto, e um mês depois eles pararam.

Não houve anúncio, então nós ficamos três dias esperando até entender o que tinha acontecido. Aí a Zofia perguntou o que a gente ia fazer agora e o Boris falou que a gente podia começar não sendo tão bonzinho. Pra mostrar do que ele estava falando, ele foi com o Lutek entregar o nosso último saco que chegou de bonde e disse aos homens que tinham feito a encomenda que eles só poderiam ficar com aquilo se a gente recebesse mais dinheiro.

"Combinado é combinado", um deles disse pra ele.

"*Eles* combinaram isso. *Eu* não combinei nada", ele disse, e depois o Lutek contou que eles bateram boca, fizeram umas ameaças, mas acabaram ficando com medo dos policiais que iam e vinham. Ele disse que o Boris ficou segurando todo mundo ali como se nem tivesse percebido a polícia, até conseguir o que queria: não só um saco de batatas a mais, mas ainda um pouco de vinho de passas. Ele dividiu tudo com a gente.

Na hora do jantar o meu pai contou pra gente que pra onde quer que ele fosse os soldados alemães iam atrás. A minha mãe ficou preocupada e perguntou por quê e ele disse que não fazia ideia.

A família do Boris estava no quarto dos fundos conversando em voz baixa, e o meu pai disse: "Vai ver eles estão planejando um golpe de Estado".

De novo a minha mãe veio com a ideia de conseguir documentos arianos e disse que a cunhada de Czerniaków tinha garantido pra ela que dava pra fazer isso e que não custava tanto, mas quando ela disse quanto custava o meu pai perguntou "Por pessoa?" tão alto que ela teve que fazer "psiu" pra ele. Ela disse que era aquilo que custava uma certidão de nascimento e uma carteira de identidade. Disse que existiam documentos mais baratos, mas que pareciam suspeitos até de longe.

O meu pai perguntou como ela achava que a gente podia comer enquanto guardava aquele dinheirão e com quem a gente entraria em contato do outro lado pra nos ajudar, ou será que não teria ninguém. Ele apontou pra mim e disse: "E você acha que este aqui consegue passar?". Ele lembrou que ela mesma tinha dito que assim que eu abria a boca dava pra ouvir o judeu em mim.

A minha mãe me olhou com tristeza e disse: "Aron, o que você acha?".

"Acho que a gente está muito bem aqui", eu falei. Dava pra eu sentir as minhas orelhas pegando fogo.

"Tá vendo", o meu pai disse. "Até ele acha que a gente devia ficar."

A minha mãe disse que ia perguntar pros meus irmãos quando eles chegassem em casa, mas pela sua voz eu percebi que ela já tinha desistido.

Mas eles não voltaram pra casa porque foram detidos na rua bem na frente do prédio por soldados e pelos amarelos, por causa dos batalhões de trabalho. A gente ouviu os gritos, mas não entendeu o que era. A minha mãe me afastou da janela e depois a nossa vizinha veio correndo contar. Ela disse que um outro homem tirou dinheiro do bolso e deu um pouco pra cada soldado e policial, e eles deixaram ele escapar.

Ela achava que estavam levando todos pra Józefów. Pelo menos foi o que um amarelo disse pra ela. O meu pai tirou todo o dinheiro que a gente tinha dos esconderijos e saiu correndo pra tentar alcançar o grupo antes de eles chegarem à delegacia. Eu corri atrás. Estava quase na hora do toque de recolher.

Os prisioneiros marchavam a toque de caixa e os amarelos iam no fim da fila, gritando e batendo com uns cassetetes grossos nos que não acompanhavam o ritmo. Os alemães na frente de vez em quando olhavam pra trás e aí não havia mais gritos nem pancadas.

"Escuta", o meu pai disse quando chegou perto do último amarelo.

"Vai embora ou você acaba aqui com eles", o homem avisou. O meu pai se deixou ficar pra trás, mas eu peguei o dinheiro da mão dele e passei o meu pai porque tinha visto o Lejkin lá na frente.

"Olha só quem está aqui", Lejkin disse quando eu emparelhei com ele. "Quer ir pra um campo de trabalhos forçados? Cadê a minha descalçadeira?"

"Eu achei uma linda", eu disse. "Mas eu também tenho um negócio pra te oferecer." Eu mostrei o dinheiro dentro do casaco.

"Quem é que vai ser salvo?", ele perguntou. Eu apontei pros meus irmãos algumas fileiras à frente. Abatidos como estavam, eles ainda não tinham visto a gente. "E o que é que eu ganho?", ele acrescentou.

"Tem mais de onde veio isto", eu disse pra ele. Apesar de, até onde eu soubesse, a gente não ter mais dinheiro.

Ele marchou por mais uma rua só pra me fazer sofrer, aí disse alguma coisa pro policial que ia mais atrás, os dois foram lá na frente, tiraram os meus irmãos da fila e arrastaram os dois até o meu pai, que deu um grito tão grande de felicidade e de alívio que ele quase estragou tudo.

* * *

"Eu preciso de uma descalçadeira", eu falei pro Lutek.

"Uma descalçadeira?", ele disse. "Pra que você precisa de uma descalçadeira?" Nós estávamos parados bem perto um do outro pra se esquentar, no nosso velho portão da rua Leszno. Estava nevando. O Lutek estava tentando botar o nosso velho sistema pra funcionar de novo, mas o amigo do pai dele tinha mais o que fazer e estava nos deixando de molho. O Lutek ficava puxando catarro e cuspindo na calçada pra ver congelar. Os nossos sapatos estavam empapados e se desmontando, e a gente ali batendo os pés no chão.

"Eu tenho um contato que talvez a gente possa usar", eu falei.

"Quem seria?", ele perguntou.

"Uma pessoa que eu conheci. Você não precisa saber de tudo", eu disse pra ele.

"Vai começar a trabalhar sozinho?", ele disse.

"Você não me fala de todo mundo que você conhece", eu disse. Eu não sabia por que não estava contando pra ele.

"Verdade", ele disse.

"Então, você vai ou não me ajudar?", eu perguntei.

Ele soprou nas mãos, esfregou as bochechas e aí me deu o endereço de uma loja na Niska. "Leve alguma coisa pra oferecer em troca", ele me disse. Aí alguma coisa chamou a atenção dele do outro lado da praça. "Ele está pronto pra gente", ele falou.

Os meus pais ficaram tão felizes com a volta dos meus irmãos que comemoraram até com a família do Boris. O meu pai sugeriu que a gente abrisse o mel, mas o pai do Boris disse que a gente devia guardar pra uma ocasião mais importante. Quem sabe pro fim da guerra, então o meu irmão disse, e aí acrescentou que tinha ficado sabendo de um bombardeio recente em Berlim. Ele vivia falando das novas propostas de paz que tinha ouvido dizer que chegaram através dos suecos, ou dos suíços, ou do papa. Todo mundo ficou em volta da mesa fumando e contando uns pros outros o que tinham ouvido. O meu pai sempre dizia que se você desse um minuto pra um judeu ficar à toa ele inventava um boato. A mãe do Boris disse que um ano antes o rabino da cidadezinha deles tinha feito uma previsão de que a guerra acabaria neste mês porque pelos seus cálculos cabalísticos o cálice do sofrimento dos judeus agora estava totalmente cheio. O marido dela deu um viva irônico e propôs um brinde pra essa notícia. Ele serviu um pouco de vodca pra ele e pro meu pai.

Depois de beber ele disse: "Aí Hitler pergunta pro governador-geral o que está sendo feito pra oprimir os judeus. O governador-geral menciona todos os direitos e privilégios que foram eliminados, mas Hitler não fica satisfeito. O governador-geral menciona tudo o que foi roubado dos judeus, e Hitler ainda não fica satisfeito. Ele menciona o gueto, todas as doenças, a imundície, e Hitler ainda não fica satisfeito. Finalmente o governador-geral diz: 'Ah, eu também criei uma Organização Judaica de Auxílio Mútuo', e Hitler exclama: '*Agora* você acertou na mosca!'".

Os meus irmãos riram com ele. "Um brinde à polícia judaica também", o meu pai disse de um jeito melancólico quando eles pararam.

Todo mundo ficou quieto. A gente ouvia lá fora o vendedor ambulante anunciando aos gritos o seu carvão e o seu carbureto. "Bom, isso deu uma animada na festa", o pai do Boris disse.

A minha mãe a essa altura já tinha se recuperado o suficiente pra sorrir. "No início eu gostei da ideia de uma polícia judaica", ela acabou dizendo. "Se é pra receber ordens de um polaco ou de um judeu, por que não de um judeu? E eles não viravam as cestas dos mascates nem pisavam nas coisas que a gente comprava."

"Isso foi antes de eles começarem a recolher todo mundo que não tinha dinheiro pra escapar de ir pros campos de trabalhos forçados", o meu pai disse.

"É, foi antes", a minha mãe disse. E aí a festa acabou mesmo. Mais tarde ela perguntou outra vez ao meu pai se ele conseguia me pôr de novo na fábrica e, quando ele disse que era sorte ele ainda ter um emprego, ela perdeu a paciência e perguntou o que ele ia fazer no dia em que eu não voltasse pra casa. Ele falou que eles ainda não estavam levando crianças pros campos de trabalhos forçados e lembrou que com o meu tamanho eu parecia ainda mais novo do que eu era.

"Se alguma coisa acontecer com ele, eu nunca mais te olho na cara", a minha mãe disse.

"Você já não me olha na cara", o meu pai disse.

"A gente está tentando dormir...", um dos meus irmãos disse lá do corredor onde estávamos deitados.

"Eles brigam que nem os meus pais", o Boris disse, e no escuro parecia que ele estava esperando eu concordar.

"Acho que ele está dormindo", o meu irmão acabou dizendo.

"Ele não está dormindo", o Boris falou pra ele.

Como a minha mãe estava triste demais, eu apresentei a Zofia e a Adina pra ela, e ela gostou das duas mais do que do Lutek, como eu já sabia que ia ser. A Adina disse: "Por que a gente vai ver a sua mãe? Vamos ficar noivos?". Mas a Zofia disse que entendia e falou pra Adina que fazer alguma coisa boa por alguém não ia matar ela. A gente se encontrou num café e a minha mãe insistiu em pagar o chá das meninas apesar de eu ver como aquele gasto a incomodava. Ela perguntou da família delas e fez uma cara de *mas que pena* quando ouviu as histórias tristes das duas. Aí quando o nosso encontro estava quase no fim ela disse que a amiga dela, cunhada do Czerniaków, tinha falado dos espetáculos no orfanato de Janusz Korczak, e será que a gente não queria ir?

A Adina olhou pra mim e a minha expressão explicou pra ela que eu não tinha ideia de que a minha mãe ia fazer isso.

"Acho que as meninas não querem assistir teatrinho de bonecos", eu disse pra minha mãe.

"Mas não é teatro de *bonecos*", ela disse.

"Eu vi o desfile deles quando eles tiveram que se mudar pro gueto", a Zofia disse pra minha mãe. "Era um circo mesmo."

"Eu também vi", eu falei. "Vocês viram as carroças com os gerânios?"

A Zofia disse que tinha ouvido todo tipo de boato sobre ele: que tinha sido levado pra floresta e morto a tiros; que tinha sido levado pra um dos campos; que tinha sido colocado num barco pra Palestina. O problema tinha sido ele ir na Gestapo reclamar do confisco de umas batatas e ter aparecido lá sem a braçadeira. Ele acabou apanhando e sendo jogado numa cela, mas depois de um mês deixaram ele sair.

"Deixaram ele sair?", a Adina perguntou, interessada nessa parte. "Por quê?"

A Zofia estendeu a mão e esfregou o polegar na ponta do dedo indicador.

"Ele é rico?", a Adina perguntou.

"Ele tem amigos ricos", a Zofia disse. Ela falou que ficou sabendo que no mesmo dia o zelador polonês do orfanato quase morreu de tanto apanhar porque se ofereceu pra entrar no gueto com as crianças, mas os arianos não podiam continuar trabalhando pros judeus.

Nós quatro ficamos ouvindo as conversas nas outras mesas. Eu via a desilusão nos olhos da minha mãe. "Trabalhar e roubar, trabalhar e roubar, é isso que são os nossos dias agora", ela disse. As meninas só olharam pra ela e terminaram o chá. A Zofia prendeu o cubo de açúcar nos dentes e a língua dela só apareceu quando ele já estava todo dissolvido. A minha mãe levantou e enxugou os olhos. Bom, ela disse, se a gente estivesse interessado, o novo orfanato ficava na rua Chłodna, no gueto menor.

"Nós vamos", a Zofia disse. "Lógico. Pode ser divertido." A Adina olhou pra ela. "Pode ser divertido", a Zofia repetiu.

A minha mãe ficou contente e foi embora antes que a gente mudasse de ideia. A Adina disse: "Você não vai conseguir fazer o Lutek e o Boris concordarem", e a Zofia disse: "Eu não vou tentar".

No jantar daquela noite o meu pai deu a boa notícia pra todo mundo, e o pai do Boris quis saber por que os alemães deixaram Korczak sair.

"Talvez ele tenha virado informante", o Boris disse.

"Talvez tenha dado um monte de ouro pra eles", o meu irmão disse.

"Os alemães sabem que ele é o maior especialista em crianças e o maior inovador pedagógico da Europa", o meu pai disse. "Ele é conhecido até na Inglaterra e na França. Provavelmente é o judeu menos perigoso do gueto."

"Um figurão", o Boris disse.

"Foi ele que se meteu num escândalo antes da guerra?", o pai do Boris perguntou.

"Que escândalo?", a minha mãe perguntou. O pai do Boris ergueu as mãos como se não quisesse ofender.

"Ele perdeu o programa de rádio e seu cargo no tribunal juvenil", o meu pai disse. "Ele foi de viagem à Palestina e aí as pessoas passaram a levar em conta que o polaco Janusz Korczak era na verdade o judeu Henryk Goldszmit."

Houve tiros na rua e todos ficamos quietos em volta da mesa, ouvindo. A sopa era de raspas de beterraba e folhas de urtiga com pedacinhos de kasha.

"Ninguém queria um judeu como responsável pelos criminosos juvenis da Polônia", o meu pai acrescentou. Mas enquanto eu ainda estava pensando por que os alemães teriam deixado Korczak sair, todo mundo já estava pensando em outras coisas.

No orfanato tinham pintado uma linha atravessando a placa da Escola Secundária Comercial Roesler e pendurado embaixo dela com um pedaço de barbante uma plaquinha improvisada de madeira que dizia *República das Crianças*. Nós fomos acompanhados até o prédio e até nossas cadeiras dobráveis de madeira na frente do palco por menininhas que usavam fantasias feitas de papel e de outras sobras. "E você é o quê?", eu perguntei à menina que me conduzia. O papel na roupa dela era principalmente da cor verde, e ela disse: "Eu sou um dragão".

O palco era uma plataforma numa ponta da sala principal do térreo. Quando todas as cadeiras já estavam ocupadas e as pessoas se amontoavam contra a parede dos fundos, a mulher pesada que eu tinha visto ser puxada pelo Velho Doutor na rua entrou por uma porta traseira e todo mundo bateu palma. Ela veio segurando um cacto que largou na frente do palco. Deu as boas-vindas a todos no Lar dos Órfãos e disse que seu nome era Stefania Wilczyńska e que era a professora sênior. Ela apresentou o cacto como o seu órfão preferido e amuleto da casa, e todos riram como se soubessem do que ela estava falando. Aí ela disse que era com grande prazer que apresentava o maior humanista e intelectual da Polônia.

Todo mundo bateu palma de novo e Korczak entrou pela mesma porta. Estava usando uma coroa de papel, e as pessoas riram disso. A mulher pesada sentou na primeira fila.

"Alguém devia dar uma cadeira pra aquele gordo lá no fundo", Korczak disse. "Ele parece bem de vida demais pra ficar de pé." As crianças menores da plateia achavam que ele era muito engraçado.

"Todo mundo adora os meus comentários grosseiros", ele disse quando elas se acalmaram. "Até as senhoras bem vestidas e os cavalheiros elegantes. Apesar de eles se manterem longe e de eu só ficar sabendo deles quando seus filhos caem doentes. Aí é 'Por favor, por favor, o senhor tem que vir aqui' mesmo que seja de madrugada."

"Então ele é médico?", a Adina sussurrou pra minha mãe.

A minha mãe explicou pra ela que ele era um médico famoso e que tinha sido médico militar na guerra entre a Rússia e o Japão, na Guerra Mundial e na guerra civil na Rússia.

Ele pediu desculpas pras pessoas de escol na plateia, como ele chamou, por falar de vez em quando em iídiche. Disse que gostaria de apresentar um dos seus discursos radiofônicos, chamado A *solidão da criança*, antes de ceder o palco pro evento principal da noite, a produção caseira que ia exibir os mais talentosos cidadãos de tamanho reduzido que puderam ser encontrados nos porões e sótãos de Varsóvia. "É lá que você encontra as pessoas mais interessantes da cidade", ele disse. "Esquecidas, no porão de alguma casa." Ele limpou a garganta e esfregou um lenço em seus óculos, sem pressa. Depois pôs os óculos de novo e começou.

Primeiro foi engraçado, mas depois foi ficando triste. Eu parei de ouvir.

Quando acabou, todo mundo bateu palma de novo e as crianças arrumaram o palco pra peça.

"Eu gostei quando ele disse que a solidão era o porto de onde ele sempre zarpava", a Zofia disse.

"Eu gostei quando ele perguntou: 'Você está com a mão no leme ou está só à deriva?'", a minha mãe disse.

"Eu não estou só à deriva", a Adina disse.

"Você parece o Boris falando", a Zofia disse.

A peça se chamava *As três jornadas de Hershkele*. O herói, que usava um enfeite na cabeça que quase não parava no lugar e que nunca explicaram o que era, se escondeu num avião que ia pra Inglaterra e lá convenceu o rei inglês a deixar todos os judeus emigrarem pra Palestina. Depois ele se escondeu num avião que ia pro Egito e lá ele encontrou uma sala toda cheia do ouro do faraó pra pagar a viagem de todo mundo. Depois ele se escondeu num avião que ia pra Alemanha e lá ele se encontrou com Hitler. O menino que fazia o Hitler era muito bom. Quando viu todo aquele ouro Hitler se arrependeu do que tinha feito e pediu pros judeus voltarem, e o herói disse pra ele que não, obrigado, mas que ia usar o ouro que tinha sobrado pra comprar leite e manteiga pras crianças alemãs que estavam passando fome. No fim só o herói e Hitler ficaram no palco, e Hitler agradeceu a ele e perguntou se podia fazer alguma coisa em troca do leite e da manteiga, e o herói disse que sim, que Hitler podia criar uma lei que obrigasse todos os adultos que passassem por uma criança na rua a baixar a cabeça envergonhados, e Hitler disse que ia fazer isso. Aí o herói cantou uma música sobre os Dez Mandamentos e o elenco inteiro dançou e a coisa toda acabou.

A minha mãe continuou batendo palma mesmo depois que todo mundo já tinha parado. Ela estava chorando de novo. "Você também gostou", ela disse pra mim. Korczak voltou pra agradecer ao elenco e todos bateram palma mais uma vez. Ele agradeceu por todo mundo ter ido lá e parabenizou todos por serem órfãos duas vezes, já que eram apátridas e judeus. Disse pros adultos se lembrarem de ser afetuosos com as crianças pelo que elas já eram e respeitosos pelo que elas viriam a ser. Disse pras crianças lembrarem que a gente não podia deixar o mundo ficar do jeito que a gente o encontrou. E pra lembrarem de lavar as mãos. E de beber água fervida. Ele olhou pra janela mais próxima e terminou dizendo que, no entanto, era melhor a gente esperar o tempo ficar mais quente.

Até a Adina achou que o Velho Doutor tinha valido a pena, nem que parte da razão fossem os biscoitos que vieram depois. Mais tarde ela disse que nem lembrava quanto tempo fazia que não via um biscoito, e o Boris ficou bravo da gente não ter passado a mão em alguns pra ele e pro Lutek. Quando a Zofia contou pra ele que não eram biscoitos de verdade, a Adina disse que até podia ser, mas que eram bem parecidos.

Todo mundo ali sentia fome o tempo inteiro. "Eu lembro que a mamãe obrigava a gente a comer legume porque achava que fazia bem", a Adina disse pra gente um dia de manhã, como se tivesse sonhado com isso. A gente estava na frente de uma loja de cintas pra hérnia e alguém não parava de gritar com os filhos lá do alto do prédio. Alguém atrás da gente no térreo ficava dizendo pra sua mulher pôr mais água no lampião de carbureto. Uma pessoa derramou óleo sujo de uma janela mais alta e o óleo caiu na calçada, espirrando perto da gente.

O Boris tinha começado com a sua ideia de trocar os cartões de racionamento das pessoas que tinham morrido ou saído do gueto, e achava que o melhor lugar para fazer isso era em volta das lojas de distribuição, quando as mães iam lá com seus filhos pequenos, e ele tinha razão. Ele e o Lutek ficavam negociando com elas porque o resto de nós não conseguia ficar vendo a cara das crianças enquanto a negociação ocorria. O Lutek conseguiu o tamanco de madeira de um menino segurando o cartão de racionamento bem na frente da cara da mãe e dizendo que só estava pedindo pra ela incluir um item extra e que, se ela queria fazer negócio, precisava ser capaz de se imaginar na pele de outra pessoa. Ela ficou com os cartões, usou pra pegar nabo, e o filho dela foi pra casa descalço. Mas não estava mais tão frio. A Zofia disse que já era meio de maio apesar de o Boris achar que ainda era abril. O Lutek provou o sapato de madeira e disse que, bem como ele tinha pensado, servia direitinho.

"E *ele*, que contribuição ele dá?", o Boris disse pro Lutek, falando de mim. Mas as meninas mandaram ele me deixar em paz.

"A minha irmã odiava espinafre", a Adina disse. "Mas eu gostava."

"Vocês ainda estão falando disso?", o Boris quis saber.

"A minha mãe vivia me dizendo que eu tinha que ficar limpinha até os joelhos brilharem", a Zofia disse.

Dava pra ver os piolhos na risca do cabelo dela.

"Você ainda é bem limpinha", eu disse.

O Lutek disse que o apartamento deles agora estava mais limpo porque o seu pai e alguns carregadores tinham passado a usar fogões de serragem, que ainda era mais barato que o carvão.

"E vocês conseguem se esquentar?", a Adina perguntou.

"Nada esquenta", ele disse.

"O problema não são os fogões", Boris falou. "Oi, tia", ele disse pra uma mulher que saiu da loja com três crianças pequenas, todas chorando. "Será que *eu* posso ajudar em alguma coisa?"

Depois que eles foram embora ele mostrou um xale pesado. "Inglês", disse, indicando a etiqueta. Ele e o Lutek ficaram discutindo se ele podia ter dado menos pra mãe.

A gente se despediu uma hora antes do toque de recolher, e eu já estava na metade do caminho quando alguém me agarrou pela gola. "Gostei da minha descalçadeira", Lejkin disse.

"Que bom", eu disse, me soltando. "Preciso ir pra casa."

"Você sempre precisa ir pra casa", Lejkin disse, como se aquilo fosse algum mistério insolúvel.

Ele foi andando ao meu lado, comendo alguma coisa que não ofereceu.

"Os meus amigos da rua Krochmalna querem saber melhor quem anda fazendo o que em cada portão", ele disse. Ele se referia aos amarelos, que tinham mudado o quartel-general pra lá em janeiro. Eu sabia porque o Lutek agora fazia um caminho diferente pelo gueto menor.

"E eu com isso?", eu perguntei.

"Eu fico te vendo por toda parte", ele disse. "Só achei que você podia prestar atenção nas coisas por aí."

"Eu não sou muito bom em prestar atenção", eu disse pra ele.

"Bom, o que você perceber", ele disse.

Eu segui em frente. Parei no ponto do bonde, mas não tinha ninguém esperando. Provavelmente eu tinha perdido o bonde.

"É só questão de ficar atento às coisas", ele disse. "Ninguém está querendo fazer coisas ruins pros negócios."

Eu esperei mais uns minutos e aí comecei a andar de novo. A parte de cima de um pé do meu sapato tinha rasgado toda e ficava batendo a cada passo que eu dava.

"E também tem umas oportunidades que eu podia te avisar quando elas aparecessem", ele disse. "Por exemplo, bem agora tem umas cebolas confiscadas que ainda não foram registradas."

"Acho que *você* é que sabe de tudo por aqui", eu disse pra ele.

Ele deu de ombros como se estivesse acostumado com esse tipo de elogio. "Aliás, o Serviço de Ordem Pública Judaica também é responsável por decidir quais apartamentos vão ser desapropriados, pra permitir a reacomodação futura da população que vier pra cá", ele disse.

"Bom, o nosso apartamento já está lotado", eu disse.

"Ah, mas tem apartamentos com quinze, vinte pessoas por quarto", ele me disse. "Você nem imagina."

Eu parei e tentei reamarrar as faixas de pano em volta do sapato. Eu não acreditava que estava chorando por causa de um sapato.

"Claro que tem sempre a questão do que os seus amigos podem fazer quando souberem que você está ajudando o Serviço", ele disse. E quando eu também não respondi nada, ele falou: "Ou você já contou pra eles?".

"Bom, pense um pouco", ele disse uma ou duas quadras depois, quando eu ainda não tinha aberto a boca. E quando olhei pra trás de novo depois de ter andado mais meio quarteirtão, ele tinha desaparecido.

Havia um tumulto perto do meu prédio. Um grupo de alemães estava chutando alguma coisa e gritando em alemão com o que estavam chutando. Eu nunca tinha ouvido homens gritarem desse jeito. As pessoas paravam na rua pra ver. Eu não queria me aproximar demais, mas eles estavam na frente da minha casa.

Era alguém caído de lado na calçada que, quando fez um ruído como se estivesse com dor, eu soube que era meu pai. Eu parei e aí fui me aproximando como alguém que está na fila do bonde. Depois de mais uns chutes os alemães ficaram em círculo em volta dele, mas falando uns com os outros em vez de gritar. Enquanto os alemães vigiavam, ele rastejava por entre as pernas deles. Ele me viu mas não esboçou qualquer sinal. A sensação de que eu devia fazer alguma coisa me deixou em alerta. Eu queria, mas quando chegava a hora perdia a coragem. Fiquei ali parado no meio da rua.

Ele estava todo encolhido, abraçando as pernas, e um alemão deu mais um chute que o fez girar. Aí ele simplesmente ficou lá estendido. Eu pensei que um filho iria até ele ou gritaria com os alemães. Eles trocaram alguns comentários com uns alemães curiosos do outro lado da rua. Depois começaram a se empurrar e a discutir pesado uns com os outros e foram embora.

Algumas pessoas foram pra mais perto dele, inclusive eu. As mangas e as costas do casaco dele estavam cobertas de lama. "Não", ele disse quando eu estendi a mão pra ajudar. Ele ficou de quatro e depois de pé, meio tonto, e aí foi se afastando da nossa porta.

Eu fui atrás dele. Seu passo ficou mais parecido com o passo de sempre. Na primeira esquina ele virou e eu o alcancei. De vez em quando eu erguia os olhos pro rosto dele. Ele virou de novo na outra esquina, e ainda outra vez. Quando na quarta virada a gente voltou à nossa rua, ele parou pra garantir que os alemães tinham sumido. Na nossa porta ele me fez subir os degraus da entrada na frente dele.

A minha mãe perguntou o que tinha acontecido e ele falou que tinha sido derrubado por uma carroça. Ela se irritou e ferveu um pouco d'água pra ele se limpar e disse que ele podia ter morrido. Ele falou pra ela costurar remendos nos cotovelos do meu casaco e que tudo em mim estava desmontando. Ele ficou lavando o rosto na pia por um bom tempo. A minha mãe também estava irritada por causa do casaco dele, que não só estava enlameado como também estava sem um dos bolsos. Ela resmungava e continuava falando do forro, até que o meu pai gritou pra ela parar de ficar reclamando o tempo todo daquele *casaco*, ela se assustou e ficou magoada e não disse mais nada.

O pai do Boris botou a cabeça na porta pra perguntar se estava tudo bem. Quando ninguém respondeu, o Boris gritou no corredor: "Uma carroça derrubou ele". O meu pai recomeçou a lavar o rosto.

Por um tempo, depois disso, toda vez que eu fechava os olhos eu via ele na rua. Não conseguia dormir, de tanto pensamento estranho que me vinha à cabeça. Eu acordava com sangue na boca e a minha mãe dizia que parecia que eu tinha mordido a língua.

Depois disso ele ficou diferente e não foi trabalhar por uns dias. Ficava sentado na frente da mesa da cozinha, de costas pra todo mundo, segurando um pano úmido na testa e agarrado a uma xícara de chá que a minha mãe tinha feito. Ela dizia que estava tudo bem, que era só pra gente deixar ele em paz por um tempo. Ele às vezes me olhava como quem queria dizer que os alemães tinham arrancado a coragem de dentro da gente. Quando o Boris e eu saíamos do apartamento e eu dizia "tchau", ele acenava de leve.

Em junho ficou tão quente que ninguém conseguia dormir. Aí na única noite mais fresca os alemães decidiram fazer todo o seu Exército passar na frente do nosso apartamento.

A noite inteira os tanques se arrastaram pelas ruas e pela ponte do Vístula, seguidos com estrondo por caminhões. Nós todos fomos até a janela pra ver, já que não dava pra descansar mesmo. O apartamento inteiro sacudia e tudo que estava solto chacoalhava e balançava. Tivemos que tirar as xícaras de chá da prateleira. De tantas em tantas horas a minha mãe exclamava quanto tempo aquilo ainda ia durar. No começo o meu pai tentou ficar na cama, mas até ele teve que levantar depois de um tempo. Quando o sol nasceu todos nós, menos a minha mãe, fomos pra rua pra ver melhor.

A procissão durou até o meio-dia. Todos os alemães da Alemanha estavam sendo levados de caminhão pra algum lugar. O pai do Boris disse que nunca na vida tinha visto máquinas como as que os alemães tinham, mas eu não conseguia ouvir ele direito por causa do barulho. Tinha soldado pendurado em tudo quanto era lugar. Ninguém conseguia atravessar a rua. Um vira-lata tentou atravessar correndo e quase perdeu o rabo.

Tinha todo tipo de slogans alemães pintados com tinta branca na lateral dos tanques. O que a gente mais viu foi STÁLIN, WIR KOMMEN.

Alguns meninos menores se empolgaram com os imensos caminhões que puxavam uns canhões gigantescos. A fumaça de diesel dos escapamentos era marrom-escura e deixou todo mundo com dor de cabeça, então a gente voltou pra dentro.

Naquela noite a gente ouviu explosões na cidade e na manhã seguinte disseram que os russos tinham bombardeado Varsóvia. Bombas tinham caído em Okęcie, na praça Teatralny e num bonde perto da ponte Kierbedź, matando todos os passageiros.

"Por que você fica falando sem parar da sua mãe?", o Boris perguntou mais tarde naquela manhã. "Você acha que a gente aqui quer ficar ouvindo falar da sua mãe? Você acha que os outros já não têm que se preocupar com as próprias mães?"

"Pode apostar que eu tenho que me preocupar com a minha", a Adina concordou.

As ruas andavam cheias de gente doente e todo mundo dizia que o tifo ainda estava se espalhando. O meu pai tinha dito à minha mãe que Deus afogava os sarnentos pra salvar o resto do rebanho e a minha mãe deu um tapa nele. Eu contei pro pessoal. "E o seu pai simplesmente deixou ela bater nele?", o Boris perguntou. Ele achava que até o tifo podia gerar oportunidades pra gente, e mais uma vez ele mostrou estar certo quando Lejkin foi até o meu apartamento e disse que o Serviço estava recrutando uma unidade especial pra pendurar placas de desinfecção e de quarentena em troca de cartões extras de racionamento. Ele me deixou levar todo o meu grupo e a gente passou três dias pendurando placas. "Como foi que ele te achou?", a Zofia quis saber enquanto a gente pendurava uma placa num posto de desinfecção.

"Vai ver ele gosta de mim", eu respondi.
"Ninguém gosta de você", o Boris disse.
"Olha que ele tem razão", a Adina disse.

Eu usei os meus cartões extras pra comprar farinha de centeio, kasha e batatas. O Boris levou uma pratada de sopa de carne pra cada um da sua família.

A minha mãe examinava a gente em busca de vermelhões. Ela esfregou a minha mão até machucar pra verificar de novo uma manchinha que ela estava achando suspeita. "Os alemães amontoaram a gente aqui e provocaram a epidemia que estão tentando evitar", ela disse.

"Eles vão ficar tão chocados com essa sua teoria…", o meu pai disse pra ela.

A mãe da Zofia levou a Salcia pro hospital por causa de uma infecção generalizada e disseram que nenhum hospital tinha mais leito pra outro tipo de doente. Todos os quatro agora eram só hospitais epidemiológicos. Ela disse que o seu pai ficou arrasado porque as duas filhas dos Brysz tinham morrido no hospital Stawki.

"Quem são as filhas dos Brysz?", eu perguntei, e ela me explicou. "Agora lembrei", eu disse.

"O Shemaiá só pensa nele", ela disse, e o Boris e o Lutek riram.

"Aron", eu disse. "O Aron só pensa nele."

"Você nunca pensa em outra pessoa?", ela perguntou. "Em você Moisés morre de sede e as tábuas da lei viram areia."

"O que isso quer dizer?", eu quis saber.

"É uma coisa que o meu avô dizia", ela respondeu. "Quando ficava decepcionado com alguém."

"O que foi que eu fiz?", eu disse.

"Você decepcionou ela", o Boris explicou.

"O que é que só eu não estou entendendo aqui?", eu disse. Eu estava cansado de ser a pessoa pra quem ninguém dava bola. Especialmente ela. Eu queria bater em alguém.

"Você continua agindo como se tudo fosse normal", a Zofia disse.

"Por que você diz isso de mim e não dos outros?", eu perguntei.

"Ah, para de me amolar", ela disse.

"Eu não estou te amolando", eu falei.

"E vai se lavar", ela disse, e aí pegou a mão da Adina e foi embora.

Alguém bateu na nossa porta no dia seguinte, ainda antes de o sol nascer. A minha mãe teve que passar por cima de mim no corredor pra ver quem era. Quando ela abriu a porta, um alemão disse: "Eu preciso de vinte pessoas". Ele tinha um polonês horroroso mas a gente entendeu. Ele olhou pra nós no chão, passou por cima da gente e revistou o apartamento. Nos quartos ele mudou pro alemão, dizendo: "Raus, raus". Levou o meu pai, os meus irmãos e o pai do Boris pro corredor. Antes de eles fecharem a porta deu pra gente ver um amarelo também com eles. Eles ficaram conversando e a minha mãe ficou andando da porta pro forno e do forno pra porta, aí o meu pai voltou e disse: "Eles disseram que nós vamos pra uma brigada de trabalho por alguns dias e que tudo vai ficar bem. A gente vai trabalhar e ganhar comida".

"Ah não, ah não, ah não, ah não", a minha mãe disse, e o Boris gritou pra alguém fechar a porta, que tinha uma corrente de ar.

"Pare", o meu pai disse pra ela. "Pelo menos com os alemães a gente sabe que vai comer na hora do almoço. Uma sopinha quente ou alguma coisa assim." Ela discutiu com ele, mas ele disse que a brigada de trabalho era uma boa notícia, já que os que voltavam podiam trazer comida contrabandeada. Ele deu um beijo nela e se abaixou pra me beijar. Olhou nos meus olhos como se fosse dizer alguma coisa, aí se ergueu, seguiu pelo corredor e fechou a porta quando saiu.

    Depois disso a minha mãe olhava pra gente como se a desgraça fosse chegar pelas paredes. "Tire ela daqui", a mãe do Boris acabou dizendo pra mim. "Eu termino a limpeza. Vão pra alguma fila", ela disse pra minha mãe, e arrancou o pano de chão das mãos dela. "Faça alguma coisa pra alimentar a sua família."

    A minha mãe ficava sentada na frente da mesa da cozinha com as mãos no rosto. "Vamos", eu falei pra ela. "Não faz sentido ficar aqui esperando com as mãos no bolso."

    Era um dos ditados dela, e isso teve a capacidade de fazê-la levantar. Ela encontrou o chapéu e a bolsa e me levou até a porta.

    As lojas da Gęsia estavam vazias e as embalagens nas vitrines tinham a etiqueta CAIXAS VAZIAS. Uma mulher que varria lixo com uma velha vassoura de palha de lá pra cá na frente de uma loja disse pra ela que no fim da manhã iam trazer carne pra Grzybowska, de um dos matadouros, então a gente foi pra lá.

    Na Dzielna a gente passou por um grupo em volta de duas mulheres que estavam tirando conchas de um leite acinzentado de uma lata suja. A minha mãe leu a placa de papelão das duas e me afastou dali, dizendo que elas estavam cobrando muito caro.

    Ela falava sozinha enquanto andava. Disse que olhar não custava nada. Disse que talvez eles tivessem posto carne de cavalo na água com vinagre pra amaciar.

    Ela ajeitou o sapato na frente de um estúdio fotográfico numa arcada. A vitrine dizia WEHRMACHT SOLDATEN. Um riquixá passou e ela reclamou que qualquer um com um braço e uma perna estava subindo numa bicicleta e se fazendo de chinês barato.

"Coitado do seu pai", ela disse.

"A senhora ainda está mancando", eu disse.

"Eles deviam pegar só os solteiros. No começo eles só pegavam os solteiros pras brigadas de trabalho", ela disse. "Aí muita gente casou."

"A senhora não precisa ajeitar o sapato de novo?", eu disse.

"E o seu?", ela perguntou.

"O barbante deu jeito", eu disse pra ela.

Passamos por um menino violinista tocando Báal Shem Tov pra ganhar moedinhas. Ele parou de tocar até eu ficar longe da caneca dele.

"Não sei por que os alemães sempre pegam o seu pai", ela disse. "No Shabat dois deram uma surra nele por não ter batido continência."

"Eu vi as marcas", eu falei.

"Outro bateu nele porque ele fez continência", ela disse. "Este falou: 'Você não está no *meu* Exército'."

"Quase todo mundo volta das brigadas de trabalho em dois ou três dias", eu acabei dizendo pra ela.

"Eu achei que eles fossem ficar aqui só alguns meses, fazer a gente trabalhar pesado e depois sumir, e a gente ia ficar de novo em paz", ela disse.

"Os alemães?", eu perguntei. Ela não respondeu.

"Você acha que o seu amigo da polícia judia podia ajudar a gente a descobrir pra onde levaram eles?", ela perguntou. "Aquele pisher baixinho e orelhudo?"

"Ele não é meu amigo", eu disse. "Como é que a senhora ficou sabendo dele?"

"Ele disse que era", ela falou. "Ele foi procurar você."

"O que ele queria?", eu perguntei.

"Eu só disse que ele foi te procurar", ela falou. "Quem sabe aqui", ela disse, e entrou num prédio de apartamentos. Mas a loja que existia ali tinha desaparecido. No lugar dela só havia sobrado uma mesinha redonda numa sala vazia com um velho que tentava esconder a barba enrolando um trapo no rosto como se estivesse com dor de dente.

"O seu amigo é um desses policiais espertos que não gostam de ficar dando ordens pras pessoas e então vivem te explicando por que alguém precisa fazer determinada coisa", ela disse quando a gente voltou pra rua. "Dá pra ver nos olhos deles que eles querem deixar claro que não depende deles."

"Ele não é meu amigo", eu falei pra ela. "Mas se eu topar com ele vou perguntar se ele sabe alguma coisa."

Ela nos conduziu até a ponte de madeira que passava por cima da rua Przebieg e parou lá em cima junto com outras pessoas que olhavam o Vístula. A gente ficou vendo uma barca descer o rio. Dava pra ver um pouco de verde do outro lado. Ela pôs uma mão no meu ombro e eu pus uma nas costas dela.

Depois descemos da ponte. "Quando eu era menina e me dava fome, eu simplesmente ficava parada na frente das confeitarias", ela me disse. "Como se olhar fosse me encher a barriga. Um dia eu comi uns picles que roubei de um barril e fiquei com diarreia."

"Acho que isso ensinou a senhora a não roubar mais", eu disse.

"Roubar é sempre errado", ela disse.

"Morrer de fome é sempre errado", eu disse pra ela.

Ela perguntou se eu sabia que agora as pessoas diziam: "Ele vendeu até a panela da cozinha", em vez de "Vendeu até a roupa do corpo", já que sem panela você não tinha onde cozinhar nada.

"Eu sabia", eu disse.

"É difícil manter a paz na hora das refeições se as famílias veem o prato mais cheio das outras famílias", ela disse.

Eu estava irritado com tudo aquilo, inclusive com ela. Caminhava com a minha mãe como se ela fosse o meu maior problema.

Ela me olhou com se soubesse o que eu estava pensando. "Eu estou com raiva dos ricos por não cumprirem o dever deles com os pobres", ela acabou dizendo.

"E por que eles deviam ajudar a gente?", eu perguntei.

"Dá pra ouvir as crianças da rua a noite toda com fome", ela disse.

"Todo mundo está com fome", eu disse.

"Os ricos, não", ela disse. "Eles deviam ajudar mais."

Na Grzybowska a gente não viu ninguém, mas aí dois sujeitos fizeram um sinal pra gente entrar num apartamento onde duas mulheres já estavam lá discutindo com eles em volta de um barril aberto.

"É carne", um dos homens disse. "É só moer que ainda é carne."

"Você devia ter vergonha", uma das mulheres disse. "Eu é que não vou comer cu moído."

"Ninguém falou que você tinha que comer", o homem disse pra ela.

A minha mãe me arrastou de volta pra rua. "Tem outra loja na Ceglana", ela disse. O rosto dela me fez ter vergonha do que eu estava pensando. A gente se revezou apertando a mão um do outro enquanto andávamos. Quando chegamos perto de uma fila longa eu perguntei se era ali.

"É aqui mesmo", ela disse.

Crianças percorriam a fila vendendo cigarros e balas. Um amarelo estava ali pra impedir que as gangues de rua forçassem a passagem pra frente da fila. Uma mulher que a minha mãe conhecia perguntou se estava tudo bem com ela e como ela andava se virando, e a minha mãe deu de ombros e disse: "Com a gente, nada vai bem".

O quilo da farinha custava trinta e cinco złotys. Não tinha mais daquele pão feito com trigo verde, só sobravam alguns feitos com farelo e casca de batatas. Ela comprou um quilo por dezesseis złotys. Era grudento, mas com um cheiro seco. Ela revirou aquilo várias vezes nas mãos. "Se eles misturam serragem demais parece que você está comendo pó de rua", ela disse enquanto a gente andava. Ela encostou o pão no rosto quando achou que eu não estava olhando. A gente caminhou mais algumas quadras antes de ela finalmente guardar o pão na sacola. Aí deu dois tapinhas de boa sorte nele, pegou de novo a minha mão e fomos pra casa.

A nossa gangue teve problemas com outra gangue. Eles eram mais numerosos. A gente tentou fazer a Zofia e a Adina passarem com duas fronhas cheias de feijão-manteiga que roubamos, mas abusamos da sorte porque eles acabaram seguindo as meninas e pegando o feijão. Eles também derrubaram a Adina quando ela tentou impedir. Ela levantou e deu um tapa na cara do líder deles, e eles chutaram a Adina.

"O Aron e eu vamos cuidar disso", o Boris disse pras meninas.

"Vamos?", eu falei.

"Vão?", o Lutek disse. "Por que ele?"

"Por que três ia ser demais", o Boris disse.

"Por que não eu?", o Lutek disse.

"Porque já está na hora de ele fazer alguma coisa aqui", o Boris disse.

"O que vocês vão fazer?", a Adina perguntou.

"A gente vai estabelecer uma tarifa", o Boris disse.

"Como assim?", ela quis saber. Mas ele disse que ela ia ver.

No dia seguinte de manhã ele me levou até o portão da rua Chłodna. "Aquele ali é o líder", ele disse, apontando pra um menino com um boné xadrez e de suspensórios à toa perto de uma família que vendia na rua alguma coisa que estava numa caixa.

"Como é que você sabe?", eu perguntei, mas ele me ignorou. Tirou de dentro da camisa o pote de mel que a sua família tinha trazido e me entregou.

"Quando eu era pequeno eu disse pra mim mesmo que já que não ia ser maior que os outros eu pelo menos podia ser mais malvado", ele disse. Ele me falou pra esperar meia hora e aí deixar o menino ver o mel quando eu passasse por ele e levar o menino até a Mirów. Ele disse pra eu ficar sempre do lado esquerdo da rua quando estivesse descendo a Mirów e que se mais de dois deles me seguissem era pra eu tirar o boné quando entrasse na Elektoralna. Ele disse pra eu não me preocupar, que eu não ia nem me arranhar.

"E você vai fazer o quê?", eu perguntei.

"Cale a boca e leve o mel", ele disse.

"A gente nem sabe como ele é", eu disse pra ele.

"Ele é um bandido igual a gente", ele disse.

Esperei e aí fiz o que ele mandou. No começo achei que não tinha funcionado, mas, na Solna, quando olhei pra trás, vi o menino se virar pra uma vitrine.

Na Elektoralna já tinha menos gente na rua, e menos ainda na Mirów, já que era uma rua curtinha que dava direto no muro. Lá na extremidade não tinha prédios ocupados, só uma portaria com metade de uma placa em cima, ali no meio das ruínas. Deu pra ver por uma vitrine do outro lado da rua que o menino tinha chegado mais perto. O que é que você vai fazer quando a rua acabar?, eu pensei quando passei pela portaria, e vi o Boris no meio do entulho com um dedo na frente da boca e um tijolo na outra mão.

Eu me virei pro menino e ele parou, mas já tinha se aproximado demais e o Boris arremessou o tijolo no seu boné xadrez e jogou o menino na calçada, onde o catou pelos ombros e o arrastou pra onde o porão tinha desmoronado e ninguém podia ver da rua. Eu fui atrás. O Boris largou o menino ali, pegou outro tijolo e bateu de novo. O som foi como o de uma pá entrando na terra.

"O que foi que você *fez*?", eu perguntei. Eu soava como um bebê.

"Por que você se virou?', ele disse. Parecia com mais raiva de mim que do menino.

"Ele está morto?", eu perguntei. Mas dava pra ver que não estava. A cabeça dele se sacudia pra frente e pra trás e as mãos estavam crispadas.

O Boris agachou, pegou um alfinete de fralda e um bilhete que dizia VIVA E DEIXE VIVER e prendeu na camisa do menino.

"Me dá o mel", ele disse. Aí me puxou de volta pra rua.

"A gente vai largar ele aqui assim?", eu perguntei. Mas já tínhamos feito isso.

Naquela tarde a rua Chłodna foi toda nossa. O Boris disse que a outra gangue ainda devia estar procurando o seu líder. A gente usou dez ou doze meninos menores pra atacar o portão. Eles foram correndo numa fileira cerrada o mais rápido que podiam, e os azuis e os amarelos batiam neles e rasgavam a roupa de quem conseguiam segurar, mas a maioria passou. A gente tinha pagado uma bala de sacarina pra cada um e dito pra eles esperarem até o portão estar na hora de maior movimento. O Boris achou aquilo tudo engraçado. Ele disse que como a gente tinha recebido em dinheiro recentemente por uma mercadoria, ele ia fazer o grupo se separar e comprar coisas nas lojas arianas do outro lado do muro. Disse que o truque era andar devagar e passar pelos policiais como se eles fossem vendedores, e não correr nem se alguém desse um passo na nossa direção. E disse pra todo mundo limpar roupa e sapato o mais que desse antes da gente ir. E que quando a gente estivesse nas lojas era pra pedir as coisas como se a loja fosse nossa.

"Como é que está a sua irmã?", a Adina perguntou à Zofia, e eu dei um tapa na testa por não ter perguntado também.

A Zofia disse que Salcia não estava muito bem. A Adina passou um braço em volta dela, a Zofia perguntou se ela estava ficando doente e a Adina disse pra ela que mais duas famílias tinham se mudado pro apartamento deles. E que enquanto essas famílias estavam sentadas conversando com um dos tios dela outra família chegou. Ela não fazia ideia de onde eles iam acomodar todo mundo. "Agora são seis em cada cômodo", ela disse. "E no sótão e num canto tem sempre água pingando. Pertinho da minha cabeça, a noite toda. A gente pediu pra eles consertarem, mas eles não consertaram."

Na praça um dos azuis estava segurando um menino pela camisa, que acabou arrancando dele. "Você se cortou?", a Zofia perguntou pra mim.

"Ele tem gengiva fraca", o Boris disse pra ela. "Você já sentiu o bafo dele?"

Então eu contei pros outros o que o Boris tinha feito.

"Com um tijolo?", o Lutek perguntou quando eu terminei.

"Na cabeça", eu disse.

"Viva o Boris", a Adina disse.

"Acho que ele está morto", eu disse.

"Ele devia ter percebido que roubar é errado", o Boris disse.

"Você acha que agora eles vão deixar a gente em paz?", a Zofia perguntou.

"Se não deixarem vão tomar outro tijolo na cabeça", o Boris falou pra ela.

"Viva o Boris", a Adina disse.

"Você já falou isso", o Lutek disse pra ela. E aí eu entendi por que o Boris tinha me levado e não o Lutek.

"Ele pode ter morrido mesmo", eu disse de novo, mas todos estavam com cara de quem tinha seus próprios problemas.

"Por que a gente ainda está sentado aqui?", a Adina quis saber.

"A gente está esperando uma confirmação do outro lado", o Boris disse pra ela. A gente teve que mudar o local de uma troca e tinha enviado um dos meninos menores com um recado.

Eu perguntei à Zofia se o pai dela ainda estava triste por causa das filhas dos Brysz.

"E que diferença isso faz pra você?", ela disse.

"Mas eu perguntei, não perguntei?", eu disse.

"Coitadinho do Shemaiá", o Boris disse. "Ninguém acha que ele se importa com os outros."

Ela disse que seu pai estava melhor, mas que a Hanka Nasielska ainda chorava dia e noite. "A Hanka Nasielska me viu com você e me chamou de raspa de treif num tacho de treif", ela disse pro Boris. Ele riu.

"O que é que você estava fazendo com ele?", eu perguntei.

"Ela falou pra mim que ia deixar a minha boca Kasher de novo", ela disse pro Boris. "Ela pôs uma pedra num tacho com um pouco de vapor, mas eu gritei que estava quente demais, aí ela esfriou um pouquinho antes de colocar de novo na minha boca."

"Então é assim que se faz pra deixar uma boca Kasher?", o Boris perguntou.

A Zofia desviou os olhos e passou a mão neles e a Adina deu um soco no braço dele. "Não tem nenhum judeu dos bons aqui entre a gente", a Zofia disse.

"Os judeus dos bons compram o que a gente traz", o Boris falou.

"E o seu irmão?", a Adina perguntou.

"E o seu?", a Zofia disse. "O mais velho."

"Ele reza sozinho nos dias de semana e vai ao culto nos dias das festas", a Adina disse. "Quando tem culto. Os seus tios não eram religiosos?"

A Zofia disse que um tio foi pro shul, mas não praticava daven e só ficava ali, e que o outro nem foi pro shul. Apesar de sempre tentar conseguir uma carpa ou um ganso pro Shabat deles.

Um menino que não tinha conseguido passar pelo portão fez que vinha pedir a sua bala de sacarina, mas o Boris olhou feio pra ele.

"O Shemaiá aqui só recebeu quatro pessoas na casa dele", a Adina disse, amarga. "Na nossa chegou um vilarejo inteiro."

"Podia ter sido bem pior pra família dele", o Boris disse pra ela. "Eu tive seis irmãos e irmãs e cinco morreram pequenininhos."

"Coitada da sua mãe", a Zofia disse.

"E olha só o filho que sobreviveu", o Lutek disse.

"Eu vivia falando pra minha mãe que tinha medo de nunca ter filhos", a Zofia disse. "Ela me dizia pra não falar isso e que eu ia ter filhos sim; era só esperar."

"Quem sabe este ano", o Boris disse. O Lutek riu.

"Lá na minha cidade as meninas são duronas, mas não são inteligentes", a Adina falou. "Teve uma época que eu achava que beijo engravidava."

"O meu engravida", o Boris disse. O Lutek e a Adina tiraram sarro dele, por ficar se gabando.

"É um milagre eu ser normal", a Zofia disse. "Se é que eu *sou* normal."

"Você não é", o Lutek disse pra ela.

"O que eu sei é que *você* não é", ela disse pra ele.

Uma brigada de trabalho estava voltando pelo portão. Levou meia hora pra verificarem os documentos de todo mundo nos três postos de guarda. Nenhum dos nossos pais estava no grupo. E nenhum dos meus irmãos.

"Você já atuou nas peças dos dias das festas no cheder?", a Adina perguntou pro Boris. Quando viu o olhar dele, ela disse que só estava perguntando.

"Qual o problema com você, hein?", ele quis saber.

O menino que teve a camisa arrancada estava gritando na praça por causa da surra que tinha levado. Os carros tinham que desviar de onde ele estava agachado. Ele tentava alcançar a parte das costas que estava machucada.

"Já chega desse barulho", o Lutek disse. Os gritinhos do menino viraram choro e ele ficou curvado no chão sem levantar.

"Eu vou ver o que está acontecendo", o Boris acabou dizendo. Ele levantou e foi até a farmácia do outro lado da rua.

"Pra onde ele está indo?", a Adina perguntou.

"Do segundo andar dá pra ver por cima do muro", o Lutek explicou.

Depois de alguns minutos o Boris voltou e se largou no chão fazendo seus pés ficarem no ar. "Ele está lá", disse. "Não sei o que ele está esperando."

O menino agachado acabou levantando e veio pra perto da gente como um aleijado.

"Era só o que faltava", o Boris disse.

"Me dá a bala", o menino disse quando parou na nossa frente. Ninguém nas guaritas estava prestando atenção.

"Dá a bala pra ele", o Boris disse pra Zofia. Ela entregou pro menino uma balinha que estava num saco preso no cós da saia.

"Eu devia ganhar duas", o menino disse. Ele tinha um olho meio vesgo que o deixava ainda mais feio.

"Por que é que você devia ganhar duas?", o Boris perguntou.

"Porque eu apanhei", o menino disse.

"E eu devia ganhar um ganso assado", o Lutek disse pra ele. "Mas nem sempre a gente ganha o que quer."

"Eu devia ganhar duas", o menino repetiu.

"Some da nossa frente ou eu já te mostro o que é uma surra de verdade", o Boris disse.

"Eu vou chamar a polícia", o menino falou.

Boris levantou e tirou o menino do chão segurando o pescoço dele com uma só mão.

"O que é que você está fazendo aí? Põe esse menino no chão", alguém gritou e levamos um susto.

Era Korczak, o Velho Doutor. "Você devia ter *vergonha*", ele disse e arrancou o braço de Boris do pescoço do menino. A Zofia e a Adina se puseram de pé.

"Sai daqui, vovô", o Boris falou. "Dá pra sentir o cheiro de vodca."

O velho ficou ereto. Eu não sentia cheiro nenhum. Aí ele disse: "Preste atenção. O que eu tenho a dizer pode vir a ser útil".

"É o Velho Doutor", a Adina disse pro Boris. "Ele cuida do orfanato."

O velho esperou, como se isso fosse fazer diferença.

"E aí? O senhor veio dar bronca na gente ou tem alguma sugestão?", Boris disse.

"Eu tenho uma sugestão", Korczak disse. "Eu sugiro que vocês deixem os meus meninos em paz. Sugiro que vocês deixem *todos* esses meninos em paz."

"E desde quando o senhor é o Rei do Mundo?", o Lutek disse.

"Me desculpe pelos nossos amigos", a Zofia disse pra ele.

"Mietek, vá pra casa", Korczak disse pro menino. O menino foi para trás dele. Era um belo par: o velho de óculos sujos e o menino vesgo sem camisa.

"A sua calça parece de mendigo", o Boris disse.

"Um mendigo não ia aceitar esta calça", Korczak disse pra ele.

"Sabe onde foi que eu achei esse menino?", o Boris disse, apontando pra criança. "Remexendo no lixo. Talvez o senhor devesse dar comida pra essas crianças."

"Qualquer um que tenha ficado no meu caminho pode te dizer que eu ainda sou bom de coice", Korczak disse pra ele.

"Esse traste velho está me *ameaçando*?", o Boris perguntou pra Zofia.

"Boris, vamos embora", a Adina disse pra ele.

"Por acaso a gente te obrigou a fazer alguma coisa, menino?", o Boris perguntou.

"Você não se importa com o que pode acontecer", Korczak disse pra ele. "Nem com quem pode se machucar. Desde que você possa pegar um pedaço de pão por aí. Não é isso?"

"O senhor é o figurão que tem casa e tudo mais, e vem dar lição de moral na gente?", o Boris disse.

"Nossa casa? O que é que os judeus têm?", Korczak disse pra ele. "Nós nunca fomos donos de nada."

"Pode ser que as casas sejam deles", o Boris disse, "mas as ruas são nossas."

"As ruas são de vocês?", Korczak disse. "Olhe em volta."

"A gente se vira", o Boris disse.

"Deixe os meus meninos em paz", Korczak repetiu.

"Volte pro seu orfanato", o Boris disse pra ele. "Vá lá servir sua sopinha."

O velho se virou pra gente. "Para cada um que age desse jeito, há alguém que se comporta com decência", ele disse. E aí foi embora, segurando o ombro do menino. E o garoto que a gente estava esperando até que enfim conseguiu atravessar o portão pra dizer que o novo combinado ia dar certo.

* * *

Todo dia de manhã a minha mãe implorava pra eu ir até o quartel-general do Serviço de Ordem pra ver que informações o Lejkin me dava. Às vezes eu ficava esperando até o meio-dia pra ele me receber. Ele me disse que o meu pai e um dos meus irmãos ainda estavam juntos e que eles tinham trabalhado no quartel da ss na rua Rakowiecka, no quartel da cavalaria em Służewiec e espalhando tijolos de cinza de carvão junto a uma ferrovia fora da cidade. Ele disse que achava que eles também tinham trabalhado um tempo construindo estradas. Eles ainda não tinham sido pagos, já que o Judenrat estava no vermelho, mas ganharam pão e rabanete. Ele achava que eles estavam num acampamento na floresta de Kampinos. Do meu outro irmão e do pai do Boris ele não sabia nada. Disse que quando o principal responsável financeiro das famílias era escolhido pra ir pros campos, elas podiam receber um pequeno pagamento do Judenrat, apesar de ele não saber direito com quem era preciso falar. Também disse que como eu já tinha treze anos era hora de eu também me registrar. Deixei isso de fora quando contei tudo pra minha mãe.

Ele disse que sabia muito pouco além disso. O próprio Czerniaków tinha interferido a respeito do estado desses campos com o oficial da ss encarregado das questões judaicas e com o diretor do Departamento de Trabalho Forçado Judeu no Arbeitsamt, e tinham lhe prometido mais comida e condições melhores.

Um dia de manhã no meio de uma chuvarada abri a porta de casa e o Lejkin estava ali parado com um oficial da ss atrás dele. O oficial era alto e usava um chapéu impermeável em cima do quepe. Ele sorriu e sacudiu a água das mangas da capa de chuva e disse: "Guten Morgen". Parecia alguém feliz por ter mantido tanto tempo a paciência com crianças mal comportadas. Perguntou em polonês se eu falava alemão. Quando eu disse que não, ele concordou com a cabeça e limpou a lama da bota com tanta força que rasgou em dois o nosso velho capacho.

A manga esquerda da túnica da farda dele estava metida no cinto sem nenhum braço dentro dela. Ele me viu olhando e disse em polonês: "A guerra não é uma coisa muito divertida. Você não está se achando um menino de sorte agora?".

Lejkin apresentou ele como Obersturmführer Witossek. Eu disse oi e o alemão pareceu achar o meu tom divertido.

O Boris fingiu que continuava dormindo no chão perto do meu pé. "Eu pediria para entrar, mas talvez não seja uma boa hora", o alemão falou.

"O polonês dele é bom, não é?", o Lejkin perguntou.

"Você é Aron Różycki?", o alemão perguntou.

"Sou", eu disse pra ele.

"Você pode vir até aqui fora?", ele disse.

"Aron!", a minha mãe gritou na cozinha.

Eu saí e fechei a porta. A janela da entrada estava quebrada e fazia a chuva soar mais alto. Uma família acampada embaixo dela tinha amarrado um abrigo pra se manter seca. Um balde apanhava a água que escorria.

O alemão disse que queria que eu fosse até um escritório que ele estava montando lá na rua Żelazna. Já tinha uns dez judeus lá, e o Lejkin tinha me recomendado.

E o que é que eu ia fazer num lugar desses, eu quis saber.

"É uma coisinha de judeus", ele disse. "O nosso amigo aqui já faz parte. Foi ele quem recomendou você", ele repetiu.

"Me recomendou pra quê?", eu disse.

"Bom, sempre há mais para se descobrir quando se mete o nariz no mundo", ele disse. Eu olhei pro Lejkin, que deu de ombros.

"Ou você pode servir num batalhão de trabalhos forçados", o alemão disse. "Você tem o seu cartão?"

"Eu ainda não estou registrado", eu disse.

"É na Żelazna, número 103", o alemão disse. "O seu amigo aqui pode lhe dizer se você precisa saber de mais alguma coisa."

"Não tem mais nada que você precise saber", o Lejkin disse.

"Ah, e mais uma coisa", o alemão disse quando já estava saindo. Ele abriu a porta do nosso apartamento e lá dentro estavam a minha mãe e a mãe do Boris, boquiabertas. "Eu posso lhes pedir algum livro ou objeto judaico sagrado?"

A gente olhou um pro outro. "Um objeto?", a mãe de Boris disse.

"Alguma coisa em que vocês acreditem", o alemão disse.

"Alguma coisa em que eles acreditem?", o Lejkin disse.

"Pra me servir de amuleto", o alemão disse. Quando todo mundo ainda estava ali parado, ele acrescentou: "Eu tinha um antes de Colônia, e vocês podem ver o que aconteceu quando eu o perdi".

A mãe do Boris saiu de perto da porta. A minha mãe só ficou olhando. "Bom dia", o alemão disse pra ela.

"Bom dia", ela respondeu.

A mãe do Boris voltou com um Mezuzá que entregou pro alemão.

"Obrigado", o alemão disse depois de pegar. "Auf wiedersehen."

O Boris passou um dia inteiro feliz porque um dos nossos contatos do outro lado do muro disse que estavam contrabandeando tanto pão pra dentro do gueto que quase estava faltando pão do outro lado. A velha passagem escavada do Lutek no muro da rua Przejazd tinha sido tapada com tijolos e reaberta tantas vezes que as pessoas passaram a se referir a ela como o Buraco Imortal. Os alemães arrancaram a casinha que a cobria. O Boris disse que o buraco provava que só havia três forças invencíveis no universo: o Exército alemão, a Marinha britânica e o contrabando judaico.

Os guardas da rua Chłodna inventaram um novo modo de ganhar dinheiro, anunciando quando faltavam vinte minutos que já tinha chegado o toque de recolher e cobrando vinte złotys cada pra acertar de novo os relógios e te deixar passar, então a gente voltou pro Buraco Imortal. O Boris elaborou um cronograma com as outras gangues pra gente poder usar o buraco antes e depois do toque de recolher. A gente passava e fazia as nossas compras e vendas em dupla, e se você não visse a próxima dupla atrás, não ficava esperando.

Com tempo ruim, a Zofia passava com os sapatos pendurados no pescoço amarrados pelos cadarços. Ela dizia que aqueles sapatos serviam de verdade e que se estragassem ela talvez nunca mais ia achar outros que servissem.

O Boris não tinha comentado sobre o alemão nem sobre o Lejkin depois que eles foram embora e ignorou o quanto a minha mãe ficou perturbada com aquilo, mas depois de quatro dias ele me parou enquanto a gente estava descendo a escada e perguntou se eu ia fazer de conta que não tinha acontecido nada. Eu perguntei do que ele estava falando.

"Você acha que eles vão simplesmente esquecer de você?", ele disse. "Você quer mesmo mijar na cerveja daquele alemão maneta?"

"Eu ia passar lá", eu disse pra ele.

"Tente não ser sempre tão imbecil", ele disse. "Esses sujeitos é que estão segurando o chicote. Esses sujeitos é que recebem as informações primeiro."

"Que informações?", eu disse.

"Qualquer informação que apareça", ele disse. "Onde vão ser as patrulhas, que portões vão entrar no jogo, que jogadores vão aparecer, quem eles vão procurar e quando."

"Eu sei", eu falei pra ele.

"Use a cabeça", ele disse.

"Eu disse que ia lá", eu falei.

"Então vá", ele disse. "Não fique aqui parado comigo."

Mas o Lejkin não estava lá e ninguém sabia o que fazer comigo. Disseram pra eu esperar no saguão. Era uma casa grande e elegante, então o piso era todo de mármore. Os passos de todo mundo faziam eco. Os amarelos iam e vinham e o único judeu que deu as caras foi um menino engraxate chamado Ajzyk. Ele ficou sentado na minha frente no saguão de entrada junto com uns condutores de riquixá que levavam os alemães pelo gueto. Trabalhadores forçados passaram a manhã toda carregando o que parecia ser uma cozinha completa, e à tarde uma cadeira de barbeiro, baús e caixas também. Eu não tinha tomado café da manhã e perguntei se tinha alguma coisa pra comer, mas ninguém respondeu. Fui perguntar o que estava acontecendo mais duas vezes e me mandaram esperar. Na quarta vez disseram pra eu voltar no dia seguinte. Aí, descendo a escada eu topei com o Lejkin, que disse que era melhor eu voltar na sexta-feira.

Quando a gente foi outra vez até o Buraco Imortal um soldado alemão estava parado bem na frente dele enquanto um judeu de jaleco descarregava um carrinho cheio de folhas de metal. O prédio ao lado tinha um telhado inclinado com mansardas que te escondiam de quem estava na rua, então a gente subiu lá pra olhar. Fazia uma semana que a gente tinha achado esse lugar. Pra chegar lá você passava por um alçapão no teto do armário do zelador no último andar. Cabia todo mundo entre as mansardas e de vez em quando um de nós podia ficar de olho no que estava acontecendo lá embaixo.

O vendedor segurava as folhas na frente do buraco e batia pregos de alvenaria. O martelo dele no metal fazia um barulho tão alto que a Zofia pôs os dedos no ouvido.

"Esses pregos vão sair facinho", o Boris disse depois de dar uma espiada. Ele tinha acendido um dos seus cigarros. Ele os catava na rua e usava um alfinete pra fumar bem até o fim.

"Ventinho gostoso", a Adina disse.

A gente ficou lá em cima pra comemorar o aniversário da Zofia. O Lutek disse que logo faria treze anos também e a Adina tinha feito cada um de nós escrever um bilhete desejando felicidade pra Zofia, pra dar o bilhete de presente pra ela. A Zofia lia cada bilhete que recebia, aí dobrava e colocava no saco que tinha na cintura. O meu dizia *Você é a pessoa mais bondosa que eu conheço* e *Obrigado por deixar a gente mais feliz*.

Aí vieram os nossos presentes. O Boris deu pra ela cerejas confeitadas embrulhadas em jornal. O Lutek deu uma echarpe com as constelações. A Adina deu pra ela um pote de geleia. Eu dei um livrinho preto escrito *Meu Diário* na capa.

A Zofia agradeceu, disse que a gente devia dividir as cerejas e que era um dos melhores aniversários da vida dela. "Eu sei que é difícil acreditar", ela disse.

Ela disse que quando era mais nova e eles ainda moravam no apartamento bom a mãe não deixava ela brincar com as outras crianças no pátio, então uma vez no dia do aniversário ela teve que se contentar em ir até a sacada e ficar jogando recortes e brinquedos feitos à mão e gritando: "Aqui, crianças, venham pegar!", e ficar vendo todo mundo brincar. E um menino tinha escrito com giz *A Zofia é doida* na escada do prédio deles.

"Que aniversário bacana", a Adina disse, e aí perguntou de novo como estava a Salcia, e a Zofia disse que ela podia ficar melhor se eles conseguissem encontrar algum jeito de deixar ela animada. A Salcia não tinha trazido o urso de pelúcia favorito dela quando eles vieram pro gueto, porque por mais que ela não soubesse pra onde estavam indo ela sabia que era pra um lugar ruim.

"Bom, olha aí mais uma bela história de aniversário", o Lutek acabou dizendo.

"Agora ela tem outro ursinho", a Zofia disse pra ele.

A Adina contou que no seu último aniversário uma polonesa tinha agarrado ela lá no lado ariano e disse pra todo mundo na rua que o nariz dela era de judia. A Zofia perguntou o que aconteceu depois, e a Adina disse que ninguém prestou atenção e que ela falou pra polonesa: "E o nariz da *senhora*? Se olhe no espelho!", e que isso fez a mulher sair correndo.

O Lutek disse que estava com fome. A Zofia disse que agora quando a família dela terminava a sopa, o seu irmão Leon punha a panela na cabeça pra lamber o fundo.

A Adina disse que na França as pessoas cozinhavam as batatas em óleo quente, e não na água, e a Zofia disse que essas batatas fritas no óleo deviam ter um gosto incrível, e o Boris disse que devia ser mesmo verdade, mas que um azeite de qualidade podia ter um uso melhor.

O Boris e eu olhamos de novo por cima da borda da calha. O judeu de jaleco tinha acabado, ele e o soldado alemão tinham ido embora e uma das gangues já estava em volta do buraco. Um menino com um pé de cabra forçou a folha de metal até ela se afastar dos tijolos e os pregos de alvenaria saírem fácil como o Boris disse que ia acontecer. A folha foi entortada, mas aí um oficial alemão e três amarelos apareceram como num passe de mágica. Quando dois meninos tentaram se enfiar no buraco vieram gritos do outro lado e eles foram puxados de volta. Todos se perfilaram contra o muro por ordem do oficial alemão. Ele só tinha um braço.

"É ele", o Boris disse.

"Eu sei", eu falei.

Witossek disse pra cada um deles entregar o dinheiro que tinha e depois de contar tudo disse que aquela seria a multa deles por contrabandear. Eles estavam parados contra o muro. Ele viu um velho judeu atravessando a rua apressado, a uma quadra dali, e disse pra ele se aproximar. Um dos amarelos teve que ir até lá pra fazer ele vir. Dava pra ver ele tremendo até dali onde a gente estava.

"Qual é a sua idade?", Witossek perguntou. Sessenta e seis, o velho judeu disse, Witossek contou sessenta e seis złotyz e meteu tudo no bolso da camisa do velho. "Agora vá cuidar da sua vida", ele disse.

Ele disse mais alguma coisa pro mesmo amarelo, que se afastou e voltou com três judeus. Witossek perguntou a idade deles, e pagou essa quantia de złotyz a cada um. A última mulher disse que tinha cinquenta e ele contou os últimos quarenta e oito złotyz e disse que agora a idade dela era essa. Quando ela foi embora, ele virou pros contrabandistas e disse: "Eu sou um alemão bonzinho, não sou?". Eles disseram que ele era, ele levou os seus amarelos embora e assim que sumiu da frente dos três eles desapareceram.

Na sexta-feira eu fiquei de novo esperando três horas, aí Ajzyk o engraxate saiu e me disse que o Lejkin falou que era pra eu voltar na segunda. Na segunda o Lejkin finalmente me recebeu no seu escritório, que era uma sala ao lado do banheiro. Ele abriu bem os braços como se estivesse abarcando toda a Polônia e perguntou o que eu achava. Eu disse que a casa tinha um belo saguão de entrada.

Ele disse que Witossek e outros alemães da Polícia de Segurança estavam montando uma unidade anticrime e que ele tinha me escolhido pra fazer parte dela. "Não é nem questão de caçar os contrabandistas, mas de querer regulamentar a atividade", ele disse. "Você sabe como os alemães gostam de ter tudo registradinho."

"Eu não sei nada de nada", eu disse.

"É, você sempre agiu assim", ele me disse. "Mas você conhece aquela piada velha que agora anda correndo por aí de novo. Se dois judeus se encontram, um diz pro outro: 'Estatisticamente, um de nós deve ser informante da Gestapo!'."

"Eu ouvi essa piada", eu disse pra ele.

"Claro que não tem salário, mas há outras vantagens", ele disse. "Inclusive influência nos campos de trabalho."

"Eu ainda nem sei o que eu teria que fazer", eu disse.

"Nada por enquanto", ele disse. "Talvez uns relatórios simples. Talvez nem isso."

Eu ali sentado na cadeira e ele me olhando. Ele era tão pequeno atrás da mesa que parecia que estava ajoelhado no chão. Dava pra ouvir um acordeonista na rua.

"Então eu posso ir?", eu perguntei.

"Não", ele disse.

Ele se concentrou nuns papéis que estavam na sua frente. Assinou dois e fez um barulhinho de desprezo pro terceiro. Levantou e veio pro outro lado da mesa, disse que tinha conseguido uma bota nova, depois caminhou um pouco e fez uns agachamentos pra lassear o couro.

"Você ficou sabendo que os alemães já estão em Leningrado?", ele perguntou. Eu fiz que não com a cabeça.

"Aí Hitler vê Jesus no Paraíso e diz pro São Pedro: 'Ei, o que é que aquele judeu está fazendo sem braçadeira?', ele disse. 'E São Pedro diz pra ele: 'Deixa o sujeito em paz. Ele é filho do Chefe.'"

"Boa piada", eu disse pra ele depois que a gente ficou um tempo em silêncio.

"Você parece esses lojistas que guardam as mercadorias dentro do casaco e que só vão falar com os clientes quando reconhecem as pessoas", ele disse. "Eu gosto disso em você."

"Obrigado", eu falei.

"A gente precisa ficar unido", ele me disse. "É uma coisa horrível ver como os alemães nos dividiram."

"Agora eu posso ir?", eu disse.

"Você lembra como você se sentiu quando viu pela primeira vez um cartaz de Não Aceitamos Judeus na vitrine de uma loja de judeus?" ele disse.

Outro policial abriu a porta e disse pro Lejkin que finalmente um dos irmãos Czapliński tinha chegado. O Lejkin jogou dois maços de cigarros pra ele e o policial disse que os Czaplińki também fumavam. O Lejkin jogou mais dois. "E os dois, além de tudo, não eram advogados?", o policial quis saber.

"Acho que eram, sim", Lejkin disse pra ele. "Lá em Łódź."

"Isto aqui está parecendo um tribunal", o policial disse. Ele falou que Mayler também era advogado e que aliás ainda estava tentando descobrir pra onde tinham mandado a família da mulher dele. "Os polacos reclamam que somos privilegiados porque eles todos foram mandados pro exterior e nós pelo menos podemos trabalhar em casa", ele disse pro Lejkin.

"Diga isso pros tocadores de realejo", o Lejkin disse pra ele, e o policial saiu.

"Quem são os tocadores de realejo?", eu perguntei.

"É assim que eles chamam o Judenrat", ele disse. "Você sabe: jogue um moedinha pro homem do realejo e ele faz o macaquinho dançar."

Ele se abaixou pra ajeitar a bota e quando ficou satisfeito com ela voltou pra trás da mesa e sentou de novo. "E então, qual é a sua decisão?", ele disse.

Nós dois ficamos ouvindo o ponteiro dos minutos do relógio dele mudar de posição com um estalido. "Acho que vou fazer o que puder pra ajudar", eu disse pra ele.

Ele falou que entrava em contato comigo e me liberou. Quando eu estava descendo os degraus da entrada, um carro preto e comprido encostou com dois alemães na frente e três judeus barbudos com olhos aterrorizados no banco de trás. Quando contei pro Boris naquela noite ele me deu um tapinha nas costas por eu ter sido esperto e disse que talvez agora a gente ficasse sabendo antes o que ia acontecer.

Hanka Nasielska pegou tifo e morreu. O tio Ickowicz da Zofia também. Por algumas semanas o Lejkin passou mensagens do meu pai e do meu irmão, depois disse que eles tinham sido transferidos e que ele não sabia pra onde. A minha mãe me pediu pra descobrir e disse pra eu passar mais tempo com ele até descobrir. Havia mais cozinhas de sopa nas ruas. Em setembro o Lejkin disse que o tamanho do gueto ficaria ainda menor, mas que em outubro algumas escolas iam poder reabrir. Ele mandou o nosso grupo ir pendurar cartazes novos que proibiam os judeus de saírem dos bairros residenciais designados pra eles.

"Isso quer dizer o quê?", a Zofia perguntou no dia em que a gente pegou os cartazes, apesar de que a gente logo descobriu depois de terminar de pendurar todos: soldados alemães e os azuis nos pegaram de surpresa no Buraco Imortal e a gangue escapou, mas um polaco me agarrou pelo pescoço. Três meninos mais velhos de outra gangue também foram pegos. O polaco me deu um chute no traseiro, me soltou e disse: "Este aqui é baixinho demais pra ser fuzilado". Disseram pros outros meninos esvaziarem os bolsos e ficarem encostados no muro. Eu corri e depois que virei a esquina ouvi os tiros. Depois os meninos mortos ficaram lá, um em cima do outro, contra o muro.

* * *

    Voltando de uma loja com a minha mãe a gente ouviu mais tiros, e ela me arrastou pro meio da rua e me cobriu com o braço. Na hora do jantar ela disse que quatro corpos tinham sido encontrados perto do muro em Nowolipke.
    "Tem muita gente com tifo", o Boris disse.
    Ela disse que eles tinham sido fuzilados por contrabando.
    "É por isso que a gente não vai mais mexer com isso", ele disse pra ela.
    "É verdade?", ela me perguntou.
    "A gente já tinha decidido não fazer mais isso", eu disse pra ela.
    O Boris falou que o contrabando tinha ficado perigoso demais e que um alemão tinha mandado um pintor de parede que estava indo trabalhar parar pra tapar mais uma vez o Buraco Imortal, aí quando o alemão se afastou apareceu um outro que, vendo um judeu mexer num buraco na parede, matou o sujeito a tiros. A mãe do Boris perguntou o que era o Buraco Imortal e a gente contou.
    Dois dias depois ele estava aberto de novo. A gente desistiu dele, mas ouvimos dizer que um alemão com um megafone tinha anunciado à vizinhança que trinta judeus iam morrer se ele não estivesse definitivamente fechado até o meio-dia do dia seguinte. A gente também ouviu dizer que o contrabando continuou como antes depois dele sair e que ele nunca mais apareceu.

    Pegaram o Boris. Ele disse que quando estava pra ser fuzilado uma nuvem de mosquitinhos voou nos olhos e no nariz dele e também incomodou os alemães, que ficaram discutindo entre si enquanto ele ficava ali encostado no muro, e aí sem motivo nenhum eles simplesmente deixaram ele ali.

A Adina e a Zofia deram abraços nele e o Lutek contou que também quase se deu mal e que o único motivo dele não ter morrido foi que ele era tão baixinho que todas as balas passaram por cima da cabeça dele.

A Zofia disse: "Acho que a gente tem que parar".

E o Boris disse: "Que diferença faz o jeito de você se ferrar? Você tem que comer".

"Está na hora de pensar em outra coisa", a Adina falou pra ele.

"É isso mesmo", o Boris disse, como se estivesse conversando com criancinhas. "Vamos fazer isso então."

A gente gostava de se encontrar na frente do salão de apresentação matrimonial da sra. Melecówna porque ela deixava gente mais nova entrar no jardim, e além do mais ali tinha um toldo. Um dia de manhã a Adina, o Boris e eu ficamos esperando uma hora até o Lutek finalmente chegar. Ele estava suando tanto por ter corrido que a aba do seu boné estava encharcada. Ele disse que a Zofia tinha aparecido na janela dele à meia-noite. A família dela estava indo dormir quando eles ouviram botas nas escadas, o que depois do toque de recolher era sempre uma notícia ruim. Antes de ir até a porta a mãe dela enfiou a Zofia e o Leon num espaço que ela tinha aberto embaixo do estrado da cama. Os alemães revistaram a casa, mas se distraíram com todas as valises que eles arrastaram de debaixo da cama e as esvaziaram. A Zofia e o Leon não deram um pio apesar de ouvirem a Salcia chorar e o Jechiel e o pai reclamando e o pai falando pros alemães da sua fábrica de vassouras. A mãe deles disse pros alemães: "Já vou, já vou", como se estivesse dizendo adeus pra Zofia e pro Leon. Eles ficaram quietos depois que todos saíram, escaparam dali, e aí na rua toparam com mais alemães. Enquanto estavam sendo perseguidos, ela gritou pro Leon correr pra um lado que ela ia correr pro outro, e ele estava gritando de volta

"Por que é que eu tenho que ir pra lá" quando os alemães pegaram ele. A Zofia passou a noite toda chorando que aquela tinha sido a última coisa que ele disse pra ela.

A Adina perguntou pro Lutek por que ela tinha ido pro apartamento dele, e o Boris lembrou pra ela que era o que ficava mais perto. A Adina disse que a gente tinha que ir falar com ela, mas o Lutek disse que ela nem estava mais lá, que o pai dele já tinha feito ela ir embora. Quem ia saber por que os alemães queriam aquela família ou quanto eles iam procurar? Ele foi com ela até uma antiga amiga da mãe dela, que acolheu a Zofia sem entusiasmo.

Eu passei três dias trabalhando de descascador numa cozinha comunitária com a minha mãe, e aí a Adina disse que a Zofia queria me ver. Ela me deu o endereço e falou que já tinha passado lá, que a família ficava o dia todo fora, na fábrica de sapatos, e a Zofia disse que era pra eu tocar a campainha três vezes e aí ficar na rua num lugar onde ela pudesse me ver.

O apartamento tinha uma bacia na pia e uma caixa de madeira fechada com cadeado em cima de um guarda-roupa alto.

"A mãe põe o pão lá em cima pra eu não poder pegar de noite quando eles estão dormindo", disse Zofia. "Eu só fico lá parada sentindo o cheiro no escuro."

"Eles não te dão comida?", eu perguntei.

"Eu fico com tanta fome que acabo chupando o joelho", ela disse. Zofia falou que eles davam comida pra ela como se ela fosse um cachorro. Ela disse que o Boris tinha trazido um pouco de kasha pra família dar pra ela, e que a família comeu tudo na frente dela.

Eu falei que a gente podia trazer mais comida. Ela disse que ajudava nas tarefas da casa e que sempre tentava ficar calma e quieta e agir como adulta, mas se via esperando a mãe chegar pra levá-la dali. Estava tentando não ficar o tempo todo à beira das lágrimas. Pediu pra eu descobrir com o meu amigo da polícia amarela pra onde tinham levado a família dela.

"Ele não é meu amigo", eu falei.

"Por favor", ela disse, e aí disse que não parava de pensar em como o Leon tinha sido corajoso. Ela disse que não dava pra acreditar no estrondo que os alemães faziam quando entravam num cômodo.

No começo o Lejkin disse que não tinha nenhuma informação, mas quando eu grudei nele, ele falou que ia ver o que podia descobrir e no dia seguinte me disse que eles tinham sido mandados pro interior como parte de uma nova iniciativa e que não iam voltar; eles iam ser reinstalados lá mesmo. A Adina contou pra Zofia e a resposta dela foi dizer que ia atrás deles e que a gente precisava ajudar ela a sair do gueto o mais rápido possível.

Todo mundo ficou surpreso quando o Boris disse que a gente devia mesmo ajudar, e o Lutek perguntou qual seria a grande dificuldade, se a gente passava toda hora pelos portões, e o Boris disse pra ele que a dificuldade ia ser se afastar o suficiente pra poder evitar os chantagistas. Enquanto isso ela tinha que encontrar outro lugar, já que a amiga da mãe dela estava matando ela de fome. O Boris achou o lugar num dia e a Adina levou a Zofia pra lá quando o trânsito nas ruas estava bem grande.

Um dia antes dela ir embora a gente foi se despedir. A dona do apartamento pediu pra ir um de cada vez pra não chamar a atenção. O Boris foi primeiro. A Adina falou que queria ir por último e o Lutek disse que nem queria ir.

Uma mulher com um robe florido vermelho me recebeu e aí se trancou no banheiro. A Zofia estava com três camadas de roupa e com um sapato do tamanho certo. Ela tentava manter as mãos no colo, mas elas não paravam de se agitar. Ela disse que a mulher recebia visitantes alemães, então a Zofia se escondia num vão do banheiro onde ficava uma banheira guardada. Ela disse que claro que os alemães usavam a privada o tempo todo.

Eu perguntei se estava tudo pronto, e ela disse que o Boris tinha encontrado um homem que disse que como ela tinha uma aparência melhorzinha ele daria dinheiro pra que tanto ela quanto a filha dele saíssem do gueto. Eu perguntei o que ela queria dizer com melhorzinha e ela disse que era ser menos judia.

Ela falou que a mulher do homem tinha dado uma esfregada nela na banheira e teve que trocar a água três vezes. Disse que o homem tinha falado que a filha dele podia passar por irmã da Zofia. Disse que ele estava arranjando documentos pras duas e que elas quase foram embora dois dias antes. Ele tinha levado as duas pro porão da farmácia que fazia fronteira com o lado ariano e onde elas deviam esperar alguém, mas ninguém apareceu. Ela disse que o novo plano era um carroceiro encostar a carroça ao nascer do sol, meter as duas embaixo de algum tipo de forro e sair com elas pelo portão.

"Não vá", eu disse, enquanto ela ainda estava falando. "Fique com a gente."

Ela ficou surpresa de me ver tão transtornado. "Não é certo eu ir procurar a minha família?", ela disse.

"E quem é que sabe onde eles estão de verdade?", eu disse.

"Bom, se eles não estão lá, estão onde?", ela perguntou. Ela me encarava como se eu estivesse me recusando a lhe contar.

"Você não conhece ninguém do outro lado", eu disse.

Ela disse que conhecia sim. Quando eu perguntei quem, ela não respondeu. Aí disse que alguns meninos das gangues mais novas eram dos movimentos de jovens que fugiram quando os alemães invadiram.

"Por que eles estão voltando?", eu perguntei.

"Pra ajudar", ela disse.

"Com o quê?", eu perguntei.

"Você não precisa saber", ela disse. "E não faça essa cara feia. Mas eles têm contatos do outro lado."

Eu perguntei se o menino que ela chamou de Antek era um desses de quem ela estava falando. Ela não gostou de eu ter notado, mas depois disse que era. A gente ficou ali sentado como dois estranhos num teatrinho de bonecos.

"Você tem que ir?", eu disse de novo.

Ela me olhou como se eu tivesse dito alguma coisa de que devia me envergonhar. "Então é pra eu deixar o Leon lá onde ele está?", ela disse. "E a Salcia? E a minha mãe?" Eu não respondi.

"Eu passei a vida toda cercada de gente que não me pergunta nada sobre mim", ela acrescentou. Disse que estava surpresa ao ver como ficava desapontada com isso.

"Você sabe do que eu estou falando?", ela me perguntou. Quando mais uma vez eu não respondi, ela disse que era pra eu ir buscar a Adina.

"Por quê? Você não precisa mais de mim?", eu disse.

"Ah, Aron", ela falou cansada.

"O quê?", eu disse.

"Você é um bom menino", ela disse. "Se cuide." Ela pegou as minhas mãos e apertou entre as suas.

Na escada eu parei e me virei pra voltar, mas cheguei à conclusão de que não ia ser uma boa ideia já que eu não era mais a mesma pessoa e que ela não ia ter gostado de mim nem naquela época.

Naquela noite a minha mãe ficou surpresa quando eu entrei na cama dela depois de todo mundo ter pegado no sono. Ela cheirava a repolho e a carvão do forno. "Você teve um pesadelo?", ela disse com uma voz sonolenta. O dedo dela fazia cócegas na minha orelha.

"Não chore", eu disse pra ela, e ela acomodou a minha cabeça embaixo do seu queixo. Ela me chamou de seu menino lindo quando eu abracei o pescoço dela. Quando acordei de manhã eu tinha feito xixi na cama.

"Uma mão lava a outra, amigo", o Lejkin me disse quando eu saí pra rua. Eu estava procurando o Boris, que tinha acordado antes de mim. "Eu te ajudei; você tem que me ajudar."

Ele queria saber o que a gente tinha planejado fazer naquele dia. Ele disse que também tinha as suas cotas pra preencher. Eu falei que não sabia o que ele queria dizer, e ele disse que estava ficando cansado de tudo que eu não sabia e perguntou se dava pra eu simplesmente responder. Então eu disse pra ele onde a gente provavelmente ia estar, ele me agradeceu, foi embora e uma hora depois dois azuis pegaram a mim e o Lutek com um saco de juta cheio de nabo e jogaram nós dois e os nabos na carroceria de um carro.

Eles levaram a gente pra um prédio grande com colunas altas fora do gueto e depois pra um porão. Um soldado alemão sentado numa escrivaninha perguntou o que estavam trazendo pra ele, e eles disseram que eram dois pro Bonde. Eles fizeram a gente percorrer um corredor comprido e escuro e empurraram a gente pra dentro de um quarto com parede de cimento e sem janelas.

Eram duas fileiras de bancos duros de madeira com braços, encostados nas paredes e virados pra frente que nem numa salinha de aula, e eu sentei num e o Lutek, no outro, atrás de um homem alto com a cabeça ensanguentada e uma cabeleira desgrenhada. As paredes estavam cheias de rabiscos arranhados. Perto do meu banco alguém tinha entalhado JEZU. Perto do de Lutek alguém tinha desenhado um relógio e circulado o 6. Eu não estava com medo mas tremia como se tivessem me deixado passar frio ao ar livre.

O Lutek perguntou ao homem alto onde a gente estava. Ele disse que ali era o quartel-general da Gestapo e que eles chamavam aquele quarto de Bonde por causa do formato e que era pra gente pedir café quando a mulher de uniforme passasse.

Ela passou por ali uns minutos depois, o Lutek pediu e ela voltou com uma caneca de café com leite que passou pra ele entre as grades. Ele dividiu a caneca com o homem da cabeça ensanguentada.

"Você está sacudindo o banco todo", ele disse pra mim.

Ele disse que o Boris tinha contado que uma vez esteve aqui e se viu na mesma cela do sujeito que tinha entregado quem ele era pra uns alemães na rua.

"O que ele fez?", eu perguntei.

"O que você acha?", o Lutek disse.

"Parecia que eles estavam esperando a gente", ele disse uns minutos depois. Quando eu não abri a boca, ele disse: "Ouviu o que eu falei? Parecia que eles sabiam que a gente ia chegar".

"Você acha que depois que eles falarem com a gente eles vão deixar a gente ir embora?", eu sussurrei.

"Como é que eu vou saber?", ele disse.

Ele perguntou se o Lejkin tinha mais notícias da guerra. Eu falei que não. Ele disse que ficou sabendo que os alemães estavam apanhando feio em volta de Moscou e de Leningrado. O sujeito com a cabeça ensanguentada disse pra ele ficar quieto. O Lutek contou pra ele a piada do Napoleão invadindo a Rússia e pondo uma túnica vermelha pro caso de ser ferido e o Hitler pondo uma calça marrom. O homem da cabeça ensanguentada levantou e ficou o mais longe possível da gente.

Finalmente dois soldados alemães apareceram com uma lista. Eles não sabiam pronunciar os nossos nomes, mas erguemos a mão. Eles levaram a gente pra um pátio nos fundos, sem janelas. Um soldado pegou o Lutek pelos ombros e o empurrou de costas pro muro.

Não dava pra saber se eles entendiam polonês. O Lutek disse pra eles: "Vocês vão me matar mesmo só por causa de uns nabos?", e o alemão que tinha dado o empurrão deu um tiro nele. A cabeça dele bateu tão forte na parede que o boné de pele de coelho caiu no chão na frente dele. Por causa do tamanco de madeira os pés do Lutek escorregaram pra direções diferentes. O outro alemão ficou tão irritado com o barulho que eu fiz que me jogou no chão. Os dois me pegaram, me carregaram de volta pela sala de espera, passaram pelo quarto com os bancos e me jogaram na rua.

    Na volta pra casa as minhas pernas agiam como se eu não soubesse mais andar, e eu parava no meio da rua. Joguei fora o meu boné. Um caminhão buzinou e alguém acabou me arrastando pra calçada.

    Três ou quatro vezes por dia a minha mãe perguntava o que eu tinha. Depois de uns dias ela disse pra mãe do Boris que a única a coisa que restava pra ela fazer era continuar remando até cair seca no convés. A mãe do Boris disse que era assim com todo mundo. O Boris me perguntou onde o Lutek tinha ido parar e eu disse que não sabia. A irmã dele vivia chorando, e ele mandava ela ficar quieta lá de onde estava, deitado no chão. Ela esfregava a mão aleijada, que era o que fazia pra se acalmar. A minha mãe veio com a ideia nova de pintar as camas com terebintina e amônia pra matar os carrapatos, mas continuou triste porque eu não queria falar com ela. "Um dia você vai desejar ter falado comigo", ela disse.

    Uma noite eu levantei e fui sentar com ela na cozinha. Ela soprava o fogo do fogão e balançava um trapo perto da grade aberta e ficou me olhando coçar os piolhos. Quando terminei ela perguntou se eu estava com fome. Eu perguntei se não tinha alguma coisa que ela podia fazer sobre isso, e ela disse que não.

A mãe do Boris disse lá da sua esteira no escuro que tinha ouvido dizer que os refugiados estavam ocupando os apartamentos das pessoas que morriam de fome ou de tifo. Ela disse que com o frio eles invadiam qualquer lugar e picavam e queimavam todos os móveis que encontravam pela frente. A minha mãe disse que hoje em dia eles tiravam o teto de cima da sua cabeça assim que você virava as costas.

E quem ia deter essas pessoas? A mãe do Boris queria saber.

Ninguém devia ir procurar heróis na rua, a minha mãe disse pra ela.

Eu falei pra ela não se irritar, e ela me disse que eu sempre queria saber por que ela estava irritada e enquanto isso nós todos estávamos lá, com as pessoas ou morrendo ou esperando a sua vez de morrer. O Boris deu uma risada abafada no corredor.

Ela disse que não era mais jovem e que se não fosse por mim ela não ia ter tido a força de fazer tudo aquilo.

Fazer o quê? O Boris quis saber. Não deixar ninguém dormir?

Ela disse que eu ainda estar aqui com ela era o seu beshert. Eu sabia o que era beshert?

Eu não sabia, eu disse pra ela. Estava cansado dela ficar falando.

Beshert significava "destino", ela disse. Minha mãe disse que *ela* sabia que eu precisava dela, mesmo que eu não soubesse. Ela estava com a camisola que o meu pai achava bonita, apesar de nem estar tão quente, pro caso dele voltar no meio da noite. Eu esfreguei os olhos com tanta força que logo depois não enxerguei nada.

"Por que você faz isso?", a mãe do Boris disse na sua esteira. "Você acha que a sua mãe precisa disso agora?"

"Cala a boca, todo mundo", o Boris disse. Quando a irmã choramingou, ele disse: "Cala a boca você também".

A minha mãe e eu ficamos olhando as brasas no fogão entre as barras da grade. "Eu trabalho e me preocupo", ela disse. "É o que eu faço."

"Eu sinto muito", eu disse pra ela.

"Eu sei", ela disse e aí falou que era melhor eu tentar dormir.

Eu passei um dia sem ver o Boris e aí ele chegou em casa e parou na minha frente, enfurecido. Eu perguntei por onde ele tinha andado, e ele me derrubou com um golpe do antebraço na minha cara. Naquela noite ele jogou a minha esteira no quarto da minha mãe. Ela perguntou o que estava acontecendo e eu fui pra cama dela.

No outro dia de manhã ela caiu quando estava tentando se lavar perto do fogão e a gente não conseguiu erguer ela do chão. No início o Boris não quis ajudar, até que a gente conseguiu carregar ela pro hospital e um médico que também estava doente disse que ela tinha pegado o tifo que ela vinha esperando. Ela desmaiou depois que ele disse isso. Eles colocaram ela numa caminha de armar no corredor e um paciente que estava ao seu lado deu pra ela a notícia de que os Estados Unidos tinham entrado na guerra. A reação da minha mãe decepcionou o sujeito. Ela estava com tanta febre que eu sentia o calor ali parado ao lado dela, e os calafrios eram tão fortes que os outros doentes afastaram suas camas de perto dela. Enquanto eu ficava ali ela chorava, tentava se manter coberta e pedia desculpas pelo cheiro. A diarreia significava que ela precisava ficar levantando, e ela não tinha mais força pra se limpar direito. Ela disse que não queria que eu pegasse alguma coisa e me mandou ir embora, mas aí pediu pra eu ficar. Eu disse que ela provavelmente tinha pegado a doença de mim.

Eles levaram minha mãe pra uma ala da quarentena e deixaram ela numa esteira em outro corredor. Ninguém dava remédio. Disseram que eu não podia ficar, mas não perceberam que eu não tinha ido embora. Uma mulher com seu bebê no colo gritou: "Era pra isto aqui ser um hospital! Eu devia pôr fogo nisso tudo!". O rosto do bebê dela estava roxo.

A gente estava bem na frente de um quarto de quarentena só pra crianças. Quando eu olhei lá dentro, elas nunca mexiam as mãos, simplesmente ficavam lá deitadas nas camas.

Ela queria ter certeza que o Boris e a mãe dele ficasssem sabendo qual era o hospital pro meu pai e os meus irmãos poderem achar a gente. Ela me mandou ir pra casa contar. Ela falou pra eu ficar lá, mas eu fui e voltei quando ela estava dormindo. Eles serviam sopa de sangue que ela achava gostosa e sopa de cuspir que ela não achava. Era sopa de cuspir porque tinha sido feita com grãos não debulhados e você tinha que cuspir a casca.

Ela ficou dez dias doente. "Eu estava triste, só pensei em mim, deixei você me dar apoio", ela me disse num desses dias. "Os dias das festas de novo", ela reclamou outro dia. Eu não sabia do que ela estava falando. A febre dela piorou, melhorou e piorou de novo. Ela perguntou se eu tinha alguma boa lembrança e eu disse que sim. Ela pediu pra eu contar alguma. Eu falei de coisas que lembrava de antes da gente vir pra cidade. Falei que lembrava de um piquenique no bosque com melros em volta de mim numa grama alta, e dela parada ali de pé e fazendo sombra pra mim na luz brilhante do sol. Ela disse que sabia o que acontecia nas ruas e que enxergava com os próprios olhos. "Você vira um bichinho", ela disse. "Você mente, engana os outros."

Eu pedi pra falar com o médico que tinha dito que ela estava com tifo, e uma enfermeira disse que ele havia morrido. A minha mãe foi transferida pra outro corredor em outro andar e ninguém explicou por quê. "Eu queria ser nusik", ela me contou. Ela esfregou a cara no travesseiro pra esfriar o rosto. Perguntou se eu sabia o que era nusik, e quando eu falei que não ela disse que era uma coisa boa. Uma pessoa útil e inteligente. Disse que se tivesse sido nusik, as pessoas que não conseguiam se dar umas com as outras, as pessoas com problemas, teriam procurado por ela. Ela teria escutado. Teria contribuído mais do que contribuiu.

Ela continuou doente e lá fora continuou ventando e nevando fino. Os enfeites de Chanuká caíam por causa das correntes de ar que entravam pela porta. Ela tinha mais dificuldade pra respirar. Às vezes eu dormia embaixo da cama dela, mas eles me achavam e me espantavam pro térreo, aí eu dormia perto das portas de entrada embaixo do retrato do fundador do hospital.

"Você é que nem eu", ela disse uma noite depois de ficar com a respiração tão pesada que nós dois acordamos. "Você acha que se ficar quietinho vai conseguir que ninguém note você." Ela parecia tão mal que eu fui atrás de uma enfermeira que levou pra ela um pouco de geleia de beterraba e um copo de bebida alcoólica pura.

A bebida deixou as bochechas dela coradas. Ela ergueu as sobrancelhas depois de uns goles como se tivesse recebido um presente. Perguntou se eu queria um pouquinho. Eu disse que o primeiro copo era pra ela. Ela concordou com a cabeça. A essa altura já estava com a respiração tão difícil que parecia que relinchava.

Ela perguntou se eu estava triste de ter que seguir em frente sem ela. Perguntou se eu achava que ia dar conta. Eu olhei pro rosto dela e fiquei pensando se ela ia mesmo me deixar. A ideia me fez ficar tão louco que eu disse que ia dar conta de qualquer coisa, então ela pôs o copo de bebida no chão e tentou sentar, e eu não consegui adivinhar pelo rosto dela se ela estava mal ou se aquilo estava fazendo algum bem pra ela.

Ela disse que a luz machucava os olhos, então eu fui até o interruptor e apaguei. Alguns pacientes nas camas e a enfermeira sentada na ponta do corredor reclamaram, mas no escuro eu consegui ver a minha família de novo, o meu pai com a sua camisa branca dos dias das festas e a minha mãe e os meus irmãos, e até o meu irmão mais novo, todos com rostos cegos naquele momento pro que estava pra vir.

Na volta pra casa as ruas estavam muito ruins e congeladas. Eu escorreguei e caí mais de uma vez. Era depois do toque de recolher, mas como não tinha lua e ninguém queria estar na rua naquele frio, ninguém me viu. Eu andava como se estivesse no meu próprio cortejo fúnebre. Em casa abri a porta e parei, como se não houvesse o que fazer e eu não tivesse pra onde ir diante das imagens que trazia na cabeça.

Acordei no cobertor da minha mãe com o guincho de uma janela sendo aberta com força, e na cozinha o Boris estava jogando as minhas roupas na rua. Alguém tinha batido na porta e ele atendeu, mas não me dei ao trabalho de ir ver quem era.

Fiquei parado de camisola, piscando, os pés frios no chão. A mãe e a irmã dele também estavam paradas na porta do quarto delas.

"Deixa ele em paz", a irmã disse quando me viu. "A mãe dele acabou de morrer."

"E agora a gente está de quarentena", o Boris gritou. Eu achei que ele estava a ponto de me matar, com a mesma facilidade de alguém que atravessa a rua. "Você sabe quanto eu vou ter que pagar pra gente não ir pra aquele hospital?"

"Não é culpa dele", a irmã falou.

"Como é que eles sabiam onde achar você e o Lutek?", ele me perguntou. "Eles já estavam esperando antes de vocês chegarem. Eu vi."

Eu parei na frente da pia e esfreguei os olhos com as costas da mão. Não consegui fazer a água correr.

"Talvez eles tenham dado sorte", a irmã dele disse.

"Eles não estavam de vigia", ele disse pra ela. "E quando eu te perguntei onde ele estava você disse que não sabia", ele me falou.

Ficou esperando eu responder.

"Você acabou de acordar ele", a irmã disse.

"E daí?", ele disse.

"O Shemaiá só pensa nele mesmo", eu disse pra ele.

Ele me olhou. "Se fosse a minha vez de ir com você, tinha sido eu", ele disse.

A irmã dele disse que não estava entendendo, então ele explicou pra ela. Eu era um informante. Trabalhava pra Gestapo. A irmã deu um um passo pra trás e olhou pra mim como se eu tivesse duas cabeças.

"E ele não vai contar pros alemães se você jogar ele na rua?", ela perguntou.

"Não", ele disse olhando pra mim.

Eu me vesti na rua, na neve. As pessoas que passavam não pareciam estranhar. Vesti a blusa que a minha mãe tinha fervido por cima de três camisas. A minha meia estava encharcada quando eu calcei o sapato, mas acabaram esquentando depois de um tempo.

Eu não tinha pra onde ir. Passei o dia andando à toa.

Quando deu o toque de recolher eu me escondi na entrada coberta de um porão e arrastei uma lata de lixo pra bloquear o vento, mas mesmo assim fiquei tão gelado que tive que sair dali.

Consegui chegar ao prédio da Adina me escondendo de tempo em tempo por causa das patrulhas. Bati na janela e primeiro ela não quis abrir a persiana, depois não quis me deixar entrar. No fim, quando eu fiquei na rua gritando o nome dela, ela abriu uma fresta na janela e jogou um pouco de pão.

"Você ficou louco?", ela disse. "Quer que eu também acabe morta?"

"Desculpa", eu disse pra ela.

"Eu só tenho isso aí", ela falou, referindo-se ao pão, e aí disse pra eu não voltar mais e me mandou embora, soluçando e comendo o pão.

Mais pro fim da noite eu encontrei a quadra onde o Boris tinha emboscado o menino da outra gangue e me enfiei por baixo do entulho até chegar ao porão desmoronado. Tateei em volta pra encontrar um lugar onde desse pra deitar. O menino que ele tinha atacado com o tijolo não estava mais lá. Fiquei ali e roubei os mascates ou as crianças menores quando fiquei com muita fome. Eu era um ladrão que zeladores e porteiros tocavam da frente das casas a vassouradas. Eu bebia neve derretida que pegava com uma latinha. Passei dias embaixo de uns cobertores. Quando eu saía pra procurar comida pessoas famintas surgiam de cantos escuros e me seguiam, e quando um mendigo punha as mãos em alguma coisa o bando o derrubava e arrancava das mãos dele o que ele tinha conseguido, e aí outros roubavam deles. Depois que aquilo, fosse o que fosse, tinha sido comido, todos voltavam a pedir esmola.

Eu tentava me fazer de invisível, mas crianças sem ter pra onde ir estavam por todo lado, e as menores ficavam atrás de qualquer um que pudesse estar numa situação melhor. Eu fugia delas, mas três ou quatro encontraram o meu porão e contaram aos seus amigos.

Depois disso fiquei andando sem rumo. Eu estava sempre sem rumo. Dormia entre as cadeiras de um velho coreto.

Ficou mais frio. Uma mulher na rua se sentiu mal quando me viu e me deu uma meia comprida pra eu colocar por cima da minha, mas o elástico estava frouxo. Eu ajudei outra mulher a carregar uma lata de leite e quando a gente chegou na casa dela ela me deu um casaco.

Roubei umas batatas cozidas e quando finalmente parei de correr e achei que estava seguro dei de cara com a irmã do Lutek. "Meu Deus, que cara!", ela disse. Começou a chorar e perguntou o que tinha acontecido com o irmão. Ela ainda gaguejava. Ela me chutou, e quando um amarelo apareceu a amiga dela a arrastou dali. Eu me vi de quatro, caído na lama. O policial parou ao meu lado e me cutucou com o pé. Aí foi embora. Enquanto eu chorava, alguém roubou as batatas que eu tinha pegado.

Esquentou um pouco, então os meus pés e as minhas mãos melhoraram. Perdi a conta dos dias. Passei por uma clínica que tratava infecções no olho e fui entrando. Deixei todos irem passando na minha frente na fila pra poder ficar sentado na sala de espera quentinha por umas horas. Achei uma das casas onde tinham reaberto uma escolinha, entrei sem ninguém ver e sentei bem no fundo. O professor percebeu, mas parecia saber por que eu estava ali e não me expulsou. Aí pela janela eu vi o pai do Lutek passar na rua e nunca mais voltei lá.

Perto do hospital onde a minha mãe morreu eu vi o Lejkin e outro policial pararem alguém e fiquei escondido até eles desaparecerem.

Andei à toa pelas ruas. Passei noites enfiado em cantinhos que nem uma aranha. Desisti de pensar pra frente. Eu ia e vinha.

Um menino da minha idade me pegou tentando roubar a loja do pai dele enquanto ele estava como responsável e me nocauteou com um bastão que tinha guardado atrás do balcão, e enquanto eu fiquei ali sentado chorando e esfregando a cabeça ele amarrou as minhas mãos com corda e aí amarrou a corda no seu carrinho de mão, que estava parado ali na frente. Ele ergueu as alças do carrinho e começou a me arrastar. Eu escorregava e tropeçava tentando me libertar. Ele falou que já estava cansado daquilo e que ia me entregar ele mesmo pros alemães. Mas fez um nó muito frouxo e raspando a corda contra o carrinho eu me soltei. Ele ainda não sabia, arrastando o carrinho, e a rua em que a gente entrou estava vazia. Eu olhei pra nuca dele. Em algum lugar ele tinha uma mãe que esperava que ele estivesse bem. Eu podia tirar o filho dela como a minha mãe tinha sido tirada de mim. Mas em vez disso quando a gente passou por uma ruela eu larguei a corda e corri.

Nem isso eu conseguia fazer direito, eu pensei depois. Sentei na calçada encostado no muro. As pessoas passavam por cima das minhas pernas.

Na hora do toque de recolher alguém me ergueu do chão. Eu estava meio adormecido e tremendo, com calafrios. Fui carregado por muitas quadras e depois por uma escada até o porão de uma casa bombardeada. O cômodo onde me largaram numa cama era muito claro e em volta de mim só havia som e confusão. Eram beliches feitos com tábuas grosseiras apoiados contra as paredes. O cômodo estava cheio de meninos no chão e nas camas, todos sujos e todos fazendo barulho. Alguns jogavam baralho e outros brincavam com facas. Ninguém parecia cuidar deles.

Eu não conseguia sentir os pés. "Esse aqui está ruim", o homem que tinha me carregado disse pra outra pessoa, e eu reconheci a voz dele. "Isto aqui é um abrigo satélite", ele me disse quando viu que eu estava acordado. "Um lugar pra onde as pessoas que precisam sair da rua no toque de recolher podem vir. Você pode tomar uma sopa e se esquentar e aí amanhã você volta pra casa."

"Eu não tenho casa", eu disse pra ele, e Korczak olhou pra mim como se já soubesse que era isso que eu ia dizer.

"Bom, então a gente vai ter que dar um jeito de te colocar no nosso grupinho", ele disse. E os meninos nos beliches gritaram em protesto, pra deixar claro que isso era a última coisa que eles queriam.

O orfanato era melhor que o abrigo, mas as crianças eram as mesmas. Ficava na rua Sienna, de frente pro muro, o mais ao sul que se podia ir. Um dos meninos disse que eles tiveram que se mudar de novo em outubro quando o gueto ficou ainda menor. Korczak e a mulher pesada, Stefa, me deram banho. Enquanto eles faziam isso, ele disse que nunca tinha visto peito e axilas tão sujos.

Todo mundo dormia no primeiro andar num quarto grande e de manhã arcas e cômodas de madeira eram arrastadas de um lado pro outro, quase sempre pela mulher pesada, pra criar áreas onde a gente pudesse comer, estudar e brincar. Ela mandava as crianças ajudarem e algumas ajudavam e outras não. Tudo isso enquanto eu ficava na cama, olhando. "Ele é quem? O príncipe?", um menino perguntou, e Korczak explicou que eu estava me recuperando de uma hipotermia.

Os meus pés queimavam e enquanto ela empurrava uma cômoda pra perto de mim a mulher disse que eu devia colocar os pés numa bacia de água gelada, mas não me obrigou a fazer isso, então eu não fiz. Eu só levantava pro almoço e pro jantar e quando levantava meus pés doíam mais ainda. O almoço era um mingau de trigo moído num moedor de carne e aí fervido com água, e o jantar eram cascas de batata amassadas e fritas como bolinhos e fedegosa com nabo. Enquanto as crianças da minha mesa comiam, elas cantavam *Julek e Mańka saíram da cidade e se beijaram com tanta força que as árvores caíram*.

"Quem é que chora quando vê nabo?", um menino disse quando olhou pra mim. Mas eu estava vendo o Lutek ainda agarrado ao seu saco no banco de trás do carro da polícia azul.

"Os meus olhos fazem isso", eu disse pra todo mundo na mesa. "Não sei por quê."

Depois do almoço teve uma aula de hebraico num canto do quarto perto da minha cama. Eu puxei as cobertas pra cima do rosto. Korczak fazia perguntas em polonês e as crianças respondiam numa gritaria confusa. Às vezes ele corrigia. A última pergunta dele foi "Vocês estão felizes aqui na Palestina?", e parecia que todo mundo sabia a resposta. A mulher disse que era hora das tarefas domésticas e deu pra ouvir todos eles ficando de pé, e quando baixei a coberta as crianças estavam varrendo o chão, lavando as paredes, limpando as janelas. Todo mundo estava pedindo alguma coisa, batendo coisas, trombando com coisas. Quando isso acabou, todos voltaram pra perto da minha cama, e Korczak disse que era hora de ler a sua coluna no jornal do orfanato. A coluna daquela semana se chamava "Cuidado com a máquina". "A máquina não entende; a máquina é indiferente", ele lia. Ele estava com os óculos na ponta do nariz e acompanhava o texto com o dedo. "Se você puser o dedo, ela corta fora; se puser a cabeça, ela corta fora também." Eu levantei pra mijar. Os meus pés não queimavam tanto.

O banheiro ficava nos fundos atrás da cozinha. Tinha onze crianças na fila. "Só tem esse banheiro?", eu perguntei.

"Só tem esse banheiro", o menino na minha frente disse sem se virar.

Voltando pra cama eu parei na frente da janela. Estava claro lá fora. O sol tinha secado moscas mortas no parapeito das janelas. Os tijolos embaixo das janelas se mexiam como se fossem dentes moles no lugar onde a argamassa tinha caído. Folhas de revistas presas ali embaixo por tachinhas estavam tão esburacadas que deviam ter servido de alvos em joguinhos nas paredes.

O menino que estava na minha frente na fila do banheiro passou o resto da tarde varrendo o primeiro degrau da escada. Eu fiquei olhando. Ele mantinha os olhos em mim enquanto trabalhava. Quando não estava varrendo, ele agitava a mão em volta do rosto como um cavalo espantando moscas com o rabo.

A cama dele era ao lado da minha e no dia seguinte ele me sacudiu de manhã cedo pro café da manhã. A gente tomou água quente com sacarina e pão. Você podia comer três pedaços se quisesse. Depois a gente foi pra fila da pesagem e da medição. Enquanto eu esperava, um aleijado na minha frente acenou pra mim com seu coto do braço que parecia uma barbatana.

Eu tinha voltado pra minha cama e olhava os meus pés quando o menino da vassoura veio vindo com um pote cheio de água até a borda e derramou um pouco quando largou o pote no chão perto de mim.

"A Madame Stefa falou que é pra você pôr os pés aqui", ele disse.

"O que é isso boiando aí?", eu perguntei.

"Como é que eu vou saber?", ele disse.

Eu perguntei o nome dele e ele disse Zygmuś. Ele disse que tinha machucado a mão. Enquanto eu punha os pés na água ele olhava o sangue inchar por baixo da sua unha e limpava no chão, deixando marcas vermelhas.

A mulher pesada perguntou lá do outro lado do quarto se ele não devia estar fazendo alguma coisa, e ele disse pra ela que estava me ajudando.

Ele me apresentou ao menino que ficava duas camas pra lá. O menino era o Mietek do portão da rua Chłodna, mas fez que nunca tinha me visto. O Zygmuś disse que eles eram grandes amigos, mas o menino não ergueu os olhos e só ficou sentado na cama encarando a sua bota podre.

Eu perguntei o que ele tinha e o Zygmuś disse que a mãe do menino tinha ficado doente, mas tinha prometido pra ele que não ia morrer até ele estar em segurança no orfanato. Aí ela morreu assim que ele chegou aqui.

"Pan Doctor diz que ele está sofrendo de dor na consciência", o Zygmuś disse. O menino nem parecia ouvir.

A piada no orfanato era que ninguém jamais tinha visto o menino sorrir, o Zygmuś falou. O menino disse sem sorrir: "Isso não é verdade. Eu sorrio o tempo todo". Aí ele deu as costas pra gente.

"O que é que ele fica segurando?", eu perguntei.

"É o livro de orações do irmão morto dele", o Zygmuś disse.

A mulher pesada acabou fazendo ele ir trabalhar e eu fiquei ali sentado com os pés na bacia. Eu estava feliz por estar aquecido e não na rua. Mais tarde Korczak parou ao meu lado, fez um gesto pra bacia e pediu pra dar uma olhada. Ele estava com cara de quem sabia o que precisava ser feito mas estava evitando fazer. As lentes dos seus óculos tinham marcas de dedos. Um menino de seis, sete anos chutou a cidadezinha de brinquedo de uma menina na área de recreação e todos começaram a gritar e a chorar.

"É o Jerzyk?", a mulher pesada perguntou lá do outro lado do quarto.

"É o Jerzyk", ele me disse como se fosse um segredo nosso. Ele tirou o meu pé da bacia e apertou os meus dedos. Ele disse:

"Há dois anos ele está azedando a minha vida. Ele azedava a vida de todo mundo no jardim de infância. Eu escrevi um artigo sobre ele em que eu defendia as colônias penais. E ele ainda é tão novinho! Imagine o que vai acontecer quando ele crescer".

Dois meninos mais velhos seguraram Jerzyk pelos braços e o afastaram das meninas. Korczak chegou à conclusão de que os meus pés já me permitiam trabalhar, e disse isso à mulher pesada, e ela veio até ali e me deu o trabalho dos penicos, que ela disse que tinham que ser enxaguados com amônia. Ela chamou isso de começar por baixo. Eu perguntei por que eles precisavam de penicos se tinham um banheiro, e ela disse que o banheiro era usado por cento e cinquenta crianças e vinte empregados. Ela também disse que se eu não tinha mais perguntas, então podia ser uma boa hora pra eu começar a pagar a minha estada.

Depois que as luzes foram apagadas naquela noite e a gente se instalou nas nossas camas, Korczak apareceu das trevas e sentou na minha. "Eu te vi na janela hoje à tarde", ele disse. Estava falando o mais baixo que podia. "É chato ter que ficar na pontinha dos pés e mal poder enxergar lá fora, não é? É como não conseguir enxergar no meio de uma multidão." Eu concordei com ele. "Amanhã é quinta-feira e todas as quintas é quando o comitê de admissão se reúne pra analisar os novos pedidos", ele acrescentou. "A Madame Stefa já falou com você sobre o pedido?" Depois de eu sacudir a cabeça, ele perguntou: "Você sabe escrever?".

"Um pouquinho", eu disse.

"Eu estou me intrometendo nas suas coisas?", ele perguntou ao Zygmuś. O Zygmuś virou pro outro lado na cama.

"Ela vai te ajudar com isso amanhã", ele me disse. "Você tem alguma família?"

Eu limpei a garganta e não tinha onde cuspir, então engoli. "Vai dar tudo certo", ele disse depois de pôr a mão no meu rosto e sentir as minhas lágrimas.

O meu choro parece que cansou ele. "Essa coisa toda acabou virando só uma formalidade mesmo", ele disse. "Alguém menciona o candidato, ninguém abre a boca, nós todos encaramos o vazio e depois de uns minutos outra pessoa pergunta de quem era mesmo que a gente estava falando. Alguém propõe um voto favorável, outra pessoa reclama do almoço e as discussões vão escorregando que nem um bêbado num morro coberto de gelo."

Mais alguns meninos viraram na cama ou fizeram outros ruídos. Bem no fundo do quarto, um deles roncava que nem um porco fungando. "Todo mundo começa com grandes planos", eu disse pra ele. "Aí eles percebem que não é assim que vai ser."

Ele riu sozinho. "Livro de Aron, capítulo 2, versículo 2", ele disse. "E no geral o que eles conseguem é vista fraca e pés cansados."

Os olhos dele pareciam ainda maiores e o pescoço ainda mais fino no escuro. Eu não sabia o que ele queria. "Quando eu penso em toda a força que desperdicei só fazendo bobagem", ele disse.

Ele perguntou se eu tinha limpado direitinho os penicos. Eu falei que sim. Ele me disse que a condição dos penicos muitas vezes era o que te mostrava a qualidade de um orfanato.

Ficou ali parado onde estava sentado. Parecia estar ouvindo a respiração de todos.

Eu perguntei se ele lembrava daquele menino que ele estava carregando depois que a cidade se rendeu. O que precisava de um sapato.

"Aquele menino", ele disse. "Claro. Na manhã do dia em que os ingleses entraram na guerra nós nos juntamos a um pessoal que estava na frente da embaixada deles. Polacos e judeus juntos como irmãos de novo! Todo mundo cantando: 'A Polônia ainda não está perdida!'. Naquela mesma tarde sete bombas caíram no orfanato. Uma estourou as janelas da sala de jantar e outra arrancou o meu chapéu da cabeça. Eu lembro de dizer pra ele que a gente tinha que sair da rua porque a minha careca era um alvo bom demais pros aviões."

"E ele conseguiu o sapato?", eu perguntei. Mas até no escuro deu pra eu ver que ele não queria falar disso.

"Ele ia comigo nas minhas visitas", ele disse. "Depois do bombardeio a gente conseguiu uma doação de lentilhas com uma comerciante dizendo a ela que os alemães iam acabar confiscando mesmo. Eu sempre lembro às pessoas pra quem eu peço as coisas que o que eu tento defender é a honra judaica e que elas podem escolher dar pros meus órfãos ou pros alemães. Ele era muito parecido com o menino que se encrencou hoje", ele disse. "Sempre que havia alguma coisa que provocasse hematomas ou galos na cabeça, ele estava envolvido."

"Que azar", eu disse.

"Tem gente que simplesmente não pensa", ele disse, "como tem gente que não fuma."

Eu não respondi. Queria que alguém sentisse saudade de mim desse jeito.

"Mas não dava pra ficar bravo com ele", ele disse. "É como Słowacki disse: Deus ama o poder do mesmo jeito que ama os cavalos selvagens."

Ele me deu tapinhas na perna como se achasse que eu era o menino que não estava mais ali. "Muita gente tem medo de dormir de dia porque acha que pode estragar a noite de sono", ele disse. "Comigo é o contrário."

Eu segurei a mão dele e ele não a afastou. Alguma coisa nisso me fez começar a chorar de novo.

"Ultimamente eu ando sentindo cheiro de schmaltz à noite", ele me disse. "Você está sentindo?"

Eu fiz que não com a cabeça.

"Eu fico louco", ele disse.

"Eu não estou sentindo", eu disse.

"Eu penso sobre a Europa em polonês", ele disse. "E eu penso sobre a Palestina em hebraico. Mas eu penso em comer em iídiche."

"Eu só penso em comer", eu disse. Isso fez ele rir de novo.

Ele me disse que no dia seguinte era pra eu ajudar com a entrega do carvão, e eu disse que tudo bem. Ele começou a falar sozinho sobre isso. Disse que agora você tinha que dar vinte złotys a mais pro homem do carvão pra receber pedaços inteiros em vez de só lascas. Disse que se os boatos de que os alemães iam se apropriar de ainda mais carvão fossem verdade, aí todo mundo ia ter que começar a queimar os móveis. Claro, ele disse, que se você desse um único dia de calma aos judeus, cada um deles ia começar a criar boatos.

"Todo mundo quer descobrir o que fazer agora", eu disse pra ele.

"A gente não está conseguindo enxergar nem o fundo da xícara na nossa mão", ele disse, depois assoou o nariz num lenço e me desejou boa-noite.

"Boa noite", o Zygmuś disse.

"Mil perdões por ter te incomodado", Korczak disse pra ele.

"Por que essa barulheira toda?", outra pessoa disse no escuro depois que ele saiu.

"Pan Doctor não está tão bem", o Zygmuś disse. Deu pra ouvir ele bocejar.

"Como assim?", eu perguntei.

"Dorme", ele respondeu.

* * *

Acabou que eu era bom pra descarregar carvão, o que significou eu ficar coberto de poeira preta da cintura pra baixo e não da cabeça aos pés. Eu também ajudei com uma carga de sêmola que a mulher pesada misturava com sangue de cavalo pro nosso café da manhã. Me chamaram pra entrar pro coral e eu disse que não sabia cantar, me chamaram pro grupo de teatro e eu disse que não sabia atuar. A mulher pesada falou comigo da minha inscrição e parecia pensar que a minha situação já era triste o suficiente e que eu não precisava ter medo de ser jogado na rua. E ela me disse pra por favor eu começar a chamá-la de Madame Stefa.

Os alemães disseram pra Korczak que as janelas agora tinham que ficar cobertas com papel preto à noite, portanto ela me colocou numa mesa e trouxe uma caixa cheia de cola, tesouras e rolos de papel preto e me encarregou de cuidar de outros quatro meninos pra fazer as persianas. Quando eles não quiseram me obedecer, ela mandou o Zygmuś ir me ajudar. Ele perguntou por que aquilo era trabalho pra ele, mas ela só apontou o lugar onde queria que ele sentasse e foi embora. Ele foi buscar o seu amigo Mietek e dois outros e disse pra eles que eram ordens da oficial sanitária, e quando o Mietek perguntou por que ele chamava ela de oficial sanitária, o Zygmuś disse que o oficial sanitário de verdade não falava com os judeus, só apontava os penicos que queria que levantassem pra poder ver se o fundo estava limpinho.

Ele me pôs pra medir e os outros cortavam e colavam. Os meninos só falavam de comer. Um disse que quando era mais novo conseguia passar o dia todo sem comer, mas que agora ele era um saco vazio. Ele disse que nem bem a sopa descia pelo seu estômago ele já estava com fome de novo. Ele tinha a mesma expressão vazia e resignada do meu irmão mais novo e eu tive que parar de olhar pra ele. Levei uma escadinha pra perto das janelas e fiz medições com os braços pra calcular os tamanhos.

Outro menino perguntou pro Zygmuś se ele tinha irmãos ou irmãs e ele disse que tinha três irmãs. Ele disse que os seus pais tinham um moinho que moía trigo-sarraceno e que um dia ele e as irmãs foram buscar leite e quando voltaram tinha gente roubando o moinho e um vizinho dizendo: "Vocês estão roubando essas criancinhas, e elas são órfãs", e foi assim que eles ficaram sabendo que tinham matado os pais deles. Ele disse que a irmã mais velha tinha sido atacada por uns soldados alemães e fugido pra fronteira russa, e que isso acabou definitivamente com eles como família, já que ela era a única que ainda sabia cozinhar.

A Madame Stefa era a encarregada da rotina diária. As broncas dela sempre começavam por "Deixa eu te dizer uma coisa", e quando faziam uma pergunta que ela não queria responder ela sempre dizia: "Melhor não se preocupar muito com isso".

Korczak passava dois dias da semana buscando ajuda pra outros orfanatos e o resto do tempo ia pedir esmolas pra gente. Nesses dias ele saía cedo e voltava tarde, e sempre levava um menino diferente. Ele pedia esmola no Escritório da Comunidade Judaica, na casa dos ricos ou dos colaboradores e na frente dos cafés. A mulher pesada ficava preocupada com ele. Ela disse quando ele saiu que ele voltava à noite exausto de tanto fazer escarcéu por causa de um barril de chucrute.

O Zygmuś disse que os meninos que ele escolhia pra irem com ele eram os que estavam com ele desde pequenos, que ele gostava mais dos meninos que criou do que do resto.

Eu ficava olhando pra ele à noite, quando ele voltava. Com apenas uma luz acesa, ele parecia um ancião. As mãos tremiam, ele poupava seus cigarros e vodca com sacarina, e de tantos em tantos minutos limpava a garganta.

"Então você está de pé de novo", ele disse numa noite em que me viu olhando pra ele. "Não está cansado? A gente não te dá o bastante pra fazer?"

Eu estava sempre cansado, eu disse pra ele. E tudo que eu tinha que fazer eu não conseguia fazer.

"Então você não é um dos meus espalha-brasas?", ele perguntou. "Como o seu amigo Zygmuś? Aquele que tinha uma mãe que cavalgava pela floresta montada num cervo e comia cavalo?"

A minha mãe era lavadeira, eu disse pra ele.

"Eu lembro de você na gangue do portão", ele disse. E quando eu pedi desculpas ele disse que tudo bem. Eu não era o cruel ali e todo mundo tinha que fazer o que precisava fazer pra enfrentar a vida. Todas as portas se abriam para os famintos.

Ele me acordou com sacudidas no dia seguinte e disse pra eu me vestir porque ia sair com ele.

Quando chegamos na rua ainda estava escuro. Eu não queria voltar pras ruas, eu falei. Ele disse que entendia.

Ele falava sem parar enquanto caminhava. Disse que hoje talvez fosse dia de visitar os alemães. Disse que o oficial encarregado de supervisionar o orfanato também era pediatra e sempre se referia a Korczak como seu "estimado colega" e achava aquilo hilário. Ele disse que o oficial chamava o orfanato de "sua república de vigaristas" e dizia que os judeus davam um jeito de se acomodar a qualquer situação, mas nunca sabiam a sorte que tinham, como o sujeito que reclamava de não ter sapato de ouro sem se dar conta de que logo ia perder as pernas.

Havia muito vento, muita lama, e frio, e todo mundo que estava na rua cedo andava como que cansado da sua própria exaustão. Quase todos eram mendigos que tinham passado a noite ao relento. A gente parou perto de uma menina de braços nus agachada na frente de uma carrocinha cheia de nabo congelado e apodrecido. Uma menina mais nova estava enroscada embaixo da carroça com os pés cobertos por jornais enrolados e amarrados em forma de sapato. Korczak se ajoelhou ao lado dela e pôs uma coisa em sua mão. As duas meninas faziam tudo devagar.

"Chega de falar dos alemães", ele disse, quando a gente começou a andar de novo. Ele soprou nas mãos. Falou que algumas meninas do orfanato uma vez fizeram uma surpresa pra ele com um filme que tinham feito com uma caixa de papel encerado e uma lâmpada elétrica.

Eu perguntei pra onde a gente estava indo, e ele perguntou se fazia diferença. Ele disse que dada uma ou outra circunstância nós todos éramos como cães acorrentados.

Depois de eu não ter respondido ele pediu desculpas por ter falado uma coisa tão inútil.

Esse pedido de desculpas o deixou quieto. No escuro a gente passou pela rua Przejazd, pelo Buraco Imortal e pelo prédio com o telhado inclinado e as mansardas.

Ele disse que numa única casa na semana anterior ele tinha encontrado seis crianças em cima de um colchão úmido e podre. E quando mesmo assim eu não abri a boca, ele perguntou quem é que *não* estava triste? Disse que o mundo era uma única e grande tristeza. Disse que o que a gente precisava fazer era dizer pra gente mesmo que não estávamos no pior lugar do mundo, e sim cercados por gafanhotos e vaga-lumes.

Pela expressão no seu rosto não parecia que ele estava sendo irônico. Eu disse de novo pra ele que não queria ficar na rua, e quando ele não respondeu eu disse que também não queria ficar no orfanato. Ele disse que eu podia ir embora quando quisesse, e eu fiquei com ódio dele por fazer eu me sentir daquele jeito e me odiei ainda mais por não estar simplesmente morto em algum lugar.

O dia nasceu e ele perguntou se eu pelo menos estava feliz por estar tomando sol. Eu esfreguei os braços e o rosto e ele perguntou se eu tinha ouvido. Eu disse que, feliz ou infeliz, eu aceitava as coisas como as encontrava. Ele disse que a sua mãe dizia, quando fazia sol e ele estava particularmente triste, que nem mesmo um único judeu seria capaz de sofrer num dia como o de hoje.

Agora a cada poucos passos alguém estava mendigando ou vendendo alguma coisa ou tinha acabado de sair de um buraco e tentava se manter aquecido. Um desses estava enrolado num acolchoado que perdia plumas no vento. Alguém vendia leite na frente de casa e a gente entrou na fila. "Sempre que tem uma fila eu entro, não importa o que estejam vendendo, porque eu sei que vou conseguir alguma coisa", ele brincou.

Começamos a mendigar na casa de um homem rico. Ele tocou a campainha. Quando veio atender, o homem disse: "Ah, Pan Doctor, o senhor quer acabar comigo", em vez de oi, e Korczak perguntou pra ele o que era pior que ser um velho e aí respondeu que pior era ser um judeu velho. E o que era pior que isso? Um judeu velho sem um tostão. E pior que isso? Um judeu velho sem um tostão e sem a quem recorrer. E pior que isso? Um judeu velho sem um tostão, sem a quem recorrer e que carregava o fardo de ter uma família grande. E pior que isso? Alguém cuja família grande fosse inteira composta de crianças. E pior que isso, de crianças famintas.

O sujeito desapareceu da porta e voltou com um pouco de dinheiro que largou num saco que Korczak estendeu. Aí ele pediu desculpas, disse bom-dia e fechou a porta enquanto Korczak olhava dentro do saco.

Ele me levou pra próxima casa. Disse que ele mesmo estava bem de vida até terem que pôr o seu pai num hospital pra doentes mentais. Foi aí que ele aprendeu o que significava ter que contar com a ajuda dos adultos. A vida adulta era uma posição privilegiada contra a qual ele teve que lutar. Tinha ouvido falar muito do proletariado quando era adolescente, mas o proletariado mais antigo do mundo eram as crianças. A criança era perseguida até por aqueles que a amavam. Naquele momento ele decidiu que ia se tornar o pai dos órfãos e que ia sempre trabalhar por aqueles que deveriam estar em primeiro lugar mas que estavam sempre em último.

"Como você, eu era sempre lento pra fazer tudo", ele disse. "Quando a minha vó me via fazendo alguma coisa em casa ela sempre dizia: 'Você. Filósofo'."

"Quando o meu pai pedia a minha ajuda ele sempre dizia: 'Ei! Desajeitado!'", eu falei pra ele.

"E você sempre ajudava", ele disse.

"Eu não gostava de trabalhar", falei pra ele.

"A pessoa mais preguiçosa que eu conheci na vida era um homem chamado Krylov, que passou toda a sua vida adulta no sofá com todos os seus livros ali perto dele no chão", ele disse. "Ele só esticava a mão e lia o que pegasse."

A gente foi em outras casas e quando as pessoas que vinham atender diziam não ele não desistia. Ele só repetia: "Mas as minhas crianças. As minhas crianças". Eu pensei na minha mãe. "Fique paradinho enquanto eu falo", ele me disse entre uma casa e outra.

Na hora do almoço a gente encostou na entrada de um café e ele gritou: "Tem alguém aqui pra ajudar as minhas crianças a passarem pelo inverno?". Um homem chamou ele, e ele abordou outros ainda, agradecendo a quem dava e dizendo sobre o que entrava no saco: "Não é suficiente, não é suficiente". À tarde a gente parou no correio pra verificar os pacotes que não podiam ser entregues porque tinham sido abertos pelos alemães.

Na volta pro orfanato a gente passou pelo salão da sra. Melecówna. A calçada estava entupida de crianças paradas com a mão estendida e chorando. Ele deu alguma coisinha pra cada uma delas.

Depois que andamos por mais algumas quadras eu perguntei se ele queria descansar, porque parecia muito cansado. Ele disse que a gente tinha chegado a um ponto em que crianças mortas não impressionavam mais ninguém. Disse que se um homem não conseguia olhar calmamente a morte de outro a própria vida valia cem vezes mais. Ele estava com tanta dificuldade pra caminhar que se apoiava nas cercas de todas as casas por onde a gente passava. Disse que era como algumas pessoas que ainda iam visitar parentes que tinham sido levados pro hospital.

Um grupo de crianças passou correndo e quase derrubou Korczac. Ele se apoiou meio que sentado num poste. Sua respiração parecia a da minha mãe, e eu achei que ia ter que sair correndo e deixar ele ali na rua se ele continuasse fazendo aqueles barulhos. Ele falou alto sozinho que os contrabandistas viviam mais e os que não se viravam morriam em silêncio.

Depois ele não abriu mais a boca até a gente entrar na Sienna e ver o orfanato. Pensei no que seria de mim se ele morresse na rua. Ele pegou a minha mão, me parou e olhou pra onde a gente estava indo como se a casa pudesse matá-lo.

Jerzyk e outro menino estavam brincando na rua com um pedaço de corda, se revezando pra um chicotear o outro. Dava pra ouvir as risadas deles. "Sabe com o que é que eu sonho?", Korczak disse. "Com um quarto em Jerusalém com uma mesa e um pouco de papel pra escrever. Paredes transparentes pra eu não perder nenhum sol nascente ou poente. E que eu sou só o judeu calado de sabe Deus onde."

Ficamos ali onde ele tinha feito a gente parar. Ele estava se segurando num poste pra manter o equilíbrio. Aí fez um gesto de "você primeiro" com uma reverência e foi limpando a garganta atrás de mim enquanto a gente descia a rua.

"Você achou que ia ficar escondido naquele orfanato até a guerra acabar?", o Lejkin perguntou. Eu não tinha percebido que ele estava atrás de mim na rua. Tinham me mandado com o Zygmuś e um carrinho de mão pra pegar um barril de picles que alguém tinha dito pra Korczak que ia doar.
"Vamos conversar um pouquinho", o Lejkin disse. "O seu amigo pode levar a mercadoria roubada."
Eu parei e o Zygmuś continuou empurrando. Ele levou o carrinho chacoalhante por cima dos trilhos do bonde, dobrou a esquina e desapareceu.
"Não é nada roubado", eu disse.
"O nosso amigo Obersturmführer Witossek achou que era bom eu te lembrar que você ainda faz parte da nossa unidade anticrime", o Lejkin disse. "Os nossos problemas não desapareceram enquanto você se ajeitava lá na sua casa nova."
Eu dei nele o empurrão mais forte que consegui. "Você disse que eles não estavam caçando contrabandistas", eu falei.
Ele ajeitou o colarinho e esticou o queixo. "Os alemães fazem o que os alemães fazem", ele disse. "O que *você* precisa saber é como evitar que eles façam com você."
Ele disse que era melhor eu deixar ele me pagar um chocolate quente e me empurrou pra dentro de um café naquela rua.
O café estava cheio e tão quente por causa da estufa que as janelas suavam com a condensação. Na calçada em frente do café um menino estava sentado de pernas cruzadas com um bebê perto dele em cima de um lenço estendido, o bebê de lado, arquejando como um pombo. Lá dentro a gente ficou sentado um olhando pro outro, e ele me passou um guardanapo pra eu

enxugar os olhos. "Você chora mais que qualquer pessoa que eu conheço", ele disse. Uma mulher se aproximou da nossa mesa e ele disse: "Fica olhando: essa aí anda com uma fotografia dela mesma de dias melhores pra mostrar como ela está destruída".

Quando o garçom chegou, ele fez o pedido por mim. Perguntou se eu tinha ficado sabendo de Lübeck, e quando eu disse que não, ele me contou, depois de garantir que não havia alemães por perto, que os ingleses tinham arrasado a cidade com bombardeios. Quando eu não disse nada ele falou que todo mundo no Serviço de Ordem, tanto os otimistas quanto os pessimistas, achavam que a Alemanha ia acabar perdendo, mas os pessimistas alegavam que antes disso acontecer a Alemanha ia controlar o mundo. Os otimistas diziam que a Alemanha tinha entrado numa guerra total na Polônia, numa guerra relâmpago na França, numa guerra a prestações na Inglaterra e numa guerra fatal na Rússia. Ele disse que as pessoas tinham começado a escrever 1812 nos muros, o ano da derrota de Napoleão.

Ele disse que tinha perguntado pro Witossek quando ele achava que a guerra ia acabar e que o Witossek tinha respondido que quando os alemães estivessem comendo uma vez por dia e os judeus uma vez por mês.

Quando os chocolates quentes chegaram ele fez um brinde à boa sorte, e quando eu perguntei que boa sorte, ele disse que estava subindo de posto no Serviço de Ordem e agora era delegado de Szeryński. Então dava pra dizer que ele era o segundo na linha de comando de toda a polícia amarela.

Ele estava só jogando conversa fora, ele acabou dizendo, quando eu ainda não tinha respondido nada.

Eu falei que precisava voltar.

Ele disse que queria que eu andasse com eles por algumas áreas para o caso de eu ter algum conhecimento direto que pudesse ser útil.

"Você quer que eu ajude você a matar mais alguém?", eu disse.

Ele perguntou se eu ia querer o meu chocolate quente e quando eu não respondi ele bebeu. "Os confiscos vão ficar mais duros", ele disse. "Nada de batatas. Nada de pão. Nada de carvão pros orfanatos, mas carvão à vontade pros cafés."

E o que é que alguém como a gente podia fazer, eu disse pra ele. Ninguém de nós tinha sorte.

"Veja as coisas deste modo", ele disse. "Será que é melhor a gente dar uma colheradinha pra todo mundo, mesmo sabendo que aí ninguém vai sobreviver? Ou dar uma porção maior pra uns poucos?"

"Eu preciso voltar", eu disse.

"Eu vou falar com você como se você conseguisse entender", ele disse. "De canalha pra canalha, por assim dizer. Quem não tem talento pra enganador sempre sofre." Ele apontou pra rua. "Tanto eu quanto você sabemos que não dá pra esperar compaixão dos alemães. A gente viver ou morrer depende de quanto tempo eles vão ficar no poder. Se tiverem tempo, eles vão matar todo mundo aqui. Se não, alguns podem ser salvos."

Eu levantei e ele não tentou me impedir. "A gente só vai precisar de você no fim da semana", ele disse.

"Por que vocês precisam de *mim*?", eu disse. "Por que é que não dá pra você procurar outra pessoa?"

Ele passou o dedo pela parte de dentro da minha xícara. "Uma coisa que ajuda é pensar nos outros como o meu chefe Szeryński pensa", ele disse, e aí também levantou e fez um gesto de "você primeiro" como o de Korczak. "Ele diz que os refugiados são como as folhas do outono."

Ele foi atrás de mim até a rua. Tinha começado a nevar e ele ergueu o colarinho e depois ergueu o meu. Então limpou o selim, subiu na sua bicicleta e se afastou. Por causa da neve, estava escorregadio e deslizante sobre as pedras da rua, e ele tinha que ficar pondo o pé no chão o tempo todo pra se equilibrar.

Os funcionários dormiam numa casa vizinha, mas o escritório e a cama de Korczak ficavam no piso acima do nosso, que todo mundo chamava de ala de isolamento pras crianças que estavam mais doentes. A cama e o criado-mudo dele ficavam no meio do quarto com as camas das crianças dispostas em volta. Cada cama tinha um balde ao lado, no chão, e todas as crianças tinham compressas na testa. Korczak parecia adormecido, apesar da sua lâmpada acesa e de ainda estar vestido. As crianças dormiam. Eram mais de quatro da manhã.

Havia uma ponta de pão preto no criado-mudo e outro pedaço na mão dele, como se ele tivesse caído no sono comendo.

Eu tinha subido silenciosamente pra conversar com ele. Ouvi um barulho e me escondi atrás da mesinha, e aí a Madame Stefa apareceu na porta e ficou olhando ele dormir antes de ir até o lado da cama dele.

"Eu sempre tento tirar uma soneca de uma hora antes da colmeia começar a zumbir", ele disse pra ela, e eu percebi que ele estava acordado apesar dos olhos fechados. "Quando eu era criança, eu fingia que estava dormindo e aí abria os olhos bem de repente pra poder ver o meu anjo da guarda antes dele conseguir se esconder."

Ela sentou na beira da cama de uma das crianças. Parecia tão cansada quanto ele. "Como foi o seu dia?", ela perguntou. "A gente nem conseguiu conversar." E eu ouvi na voz dela o que ouvia na voz da minha mãe quando ela me perguntava as novidades.

"Dez horas e sete visitas", ele disse. "Cinquenta złotyz e outra promessa de cinco por mês."

Ela disse que ninguém esperava que ele ficasse dez horas andando no frio e que os problemas de saúde que ele tinha não permitiam uma coisa dessas.

"Mas que problemas?", ele perguntou. Ele ainda estava de costas, mas agora tinha posto a mão em cima dos olhos.

"O seu músculo cardíaco enfraquecido. A pleurisia por causa da pneumonia. A sua bexiga. As pernas e os pés inchados", ela disse. "A sua hérnia."

Eles ficaram quietos. "Não tem graça", ela disse.

"Como foi que disse aquele médico que se recusou a operar a minha hérnia?", ele perguntou. "Que a minha saúde está em frangalhos."

Desça, eu falei pra mim mesmo. Eu precisava conversar com alguém sobre o Lejkin. Mas o que eu ia dizer?

"Você tosse e reclama e aí me sai sem uma blusa", a Madame Stefa disse.

"E você? Ninguém consegue te dar nada", Korczak disse.

Ele tirou a mão dos olhos e viu que ela estava olhando pra vodca e pra água em cima da mesinha. "Você já percebeu que o pão e a água têm um gosto melhor de noite?", ele perguntou.

"E o que acontece quando alguém te tirar da rua?", ela perguntou. "Como é que a gente vai ficar?"

A raiva dela deixou ele com raiva também. "Quem disse que quando eu sair os alemães vão estar na rua?", ele falou. "E, se estiverem, quem disse que estarão na minha rua? E, se estiverem, quem disse que eles vão me escolher? E, se me escolherem, quem disse que o que eu tenho a dizer não vai convencer os alemães?"

"Eu só estou perguntando se vale a pena por tão pouco dinheiro", ela falou.

Ele fez um ruído com a boca. Depois disse: "Sabe, quando eu era criança eu dizia aos professores que sabia como refazer o mundo. Jogar fora o dinheiro era sempre o primeiro passo. O meu plano sempre se desfazia no segundo passo".

Ela fechou o xale em volta do pescoço com uma mão. Estava frio. O filho do zelador gritou no quintal reclamando da luz. Ele disse que parecia Chanuká e que não queria ter que avisar de novo. A Madame Stefa foi até a janela e prendeu de novo o papel do blecaute.

"Eu sempre sonho que um dos meus meninos diz, falando de mim: 'Ele foi dormir bem na hora que a gente mais precisava dele'", Korczak disse.

"Você não pode fazer tudo", ela disse.

"Quanta terra eu arei?", ele disse. "Quanto pão eu assei? Quantas árvores eu plantei? Quantos tijolos eu empilhei? Quantos botões eu costurei, quantas roupas eu remendei?"

"Sssh", ela fez. "Não se empolgue."

"O meu pai me chamava de inútil, de idiota, de chorão, de jumento", ele disse. "Ele tinha razão. E as pessoas que acreditaram em mim também são."

Eu percebi que eles estavam falando de alguma coisa completamente diferente e que eu não sabia como funcionava a cabeça de ninguém, nem a minha.

"Eu sei que você nunca me prometeu nada", ela disse. "Eu fico deitada acordada me dizendo: Stefa, sua velha boba, você teve o que merecia."

"Mesmo a mais esplêndida premissa precisa de verificação", ele disse pra ela.

"É que eu sempre acreditei que se a gente ganha alguma coisa é pra alimentar os outros", ela disse.

"Então o amor é o quê?", ele perguntou. "Será que ele sempre é dado a quem merece? Como a gente sabe se ama o suficiente? Como se aprende a amar mais?"

O quarto tinha cheiro de cigarro e de chulé. O papel do blecaute soltou de novo e lá fora já começava a ficar mais claro.

"Você já amou alguém na vida?", ela perguntou.

"Dos sete aos catorze anos eu estava sempre apaixonado", ele disse, "e sempre por uma menina diferente."

Os vidros tremeram nas janelas e parecia que ele estava ouvindo o vento. Deu um grande suspiro.

"Eu sempre penso que talvez se eu não fosse tão feia", ela disse.

"Eu falo para todo mundo: 'A Stefa está sempre me lembrando que eu sou um ser humano desgraçado que é uma desgraça pra todo mundo'", ele disse.

Ela respondeu alguma coisa tão baixinho que ele pediu pra ela repetir. "É que é difícil se sentir sozinha o tempo todo", ela disse.

Ele não respondeu, então ela ficou olhando pras mãos. Eu estava com as pernas amortecidas de ter ficado tanto tempo na mesma posição.

"Eu fui pago na minha moeda", ele finalmente disse pra ela. "A solidão não é a pior coisa do mundo. Eu valorizo as lembranças."

Ela levantou, foi até a porta e parou. "Eu fico me lembrando que não me cabe pedir coisas", ela disse. "Mas até num momento como o de agora o meu ego me atrapalha."

Até eu podia ver a infelicidade dela sob a luz do poste da rua, mas ele ignorou. "Nada que eu possa dizer ou fazer pode te poupar ou me poupar", ele disse.

"Você sempre desiste, sempre adia, cancela, substitui", ela disse pra ele.

Ele se apoiou nos cotovelos. "Eu vejo os meus sentimentos com um telescópio", ele disse. "Eles são uma turminha toda amontoada numa planície polar. Quando alguém tosse, primeiro eu sinto pena, depois o contrário: que talvez seja contagioso. Talvez ele vá fazer a gente gastar o resto dos nossos remédios."

Ela disse que sentia muito e que ia deixar ele dormir.

"Eu existo não para ser amado, mas para agir", ele disse pra ela.

"O santo ordena e Deus executa", ela disse.

"Estou fazendo o que posso", ele disse. "O nosso Deus pode não ter determinação suficiente pra forçar as pessoas a cumprir a Lei, mas isso não significa que a gente não deva obedecer."

"Quem é que a gente pode processar por descumprimento do contrato?", ela perguntou.

"Dizem que o rabino Yitzchak de Berdichov convocou Deus a um tribunal rabínico", ele disse pra ela.

"Acho que a gente nunca ia conseguir encontrar um lugar onde a digestão fosse perfeita e a paz fosse eterna", ela disse.

"Às vezes eu penso: não durma", ele disse. "Só fique mais dez minutinhos ouvindo eles respirarem. Tossirem. Os barulhinhos."

"É", ela disse. "É o que eu faço."

"Nós somos lápides vivas", ele disse pra ela. "Israel é o lugar onde eles têm carrinhos de bebê e coisas verdes que crescem."

Ela fez um ruído como se tivesse levado um tapa dele, e ele caiu de novo na cama depois de ouvir ela descer as escadas.

Um menino que todo mundo chamava de Bandolim porque nunca largava o seu instrumento, que ele ficava segurando levantado acima da cabeça até durante o banho antipiolhos, morreu na cama abraçado a ele. A gente estava comendo menos em cada refeição e todo mundo andava alucinado por causa disso. Se a gente acabasse a nossa porção muito rápido, esperar até a próxima refeição demorava mais e a tortura aumentava. Tudo no que a gente conseguia pensar era no próximo pão em cima da mesa. Na ala de isolamento, quando a panela da sopa circulava, uma floresta de mãozinhas se erguia das camas. A gente comia farinha de aveia com água e sangue de cavalo coalhado e frito.

Pareciam pedaços de esponja preta e tinham gosto de areia. No Shabat, um caldo de trigo-sarraceno com banha.

Apesar de não ter comida, Korczak fez todo mundo endereçar e postar convites pro nosso Seder do Pessach no dia 1º de abril. A gente dividiu a lista de benfeitores dele. No dia, cinquenta convidados chegaram e sentaram perto da porta. As mesas compridas estavam cobertas por toalhas. Eu sentei perto de um menino que tinha bolhas e feridas tão grandes que os vizinhos dele o chamavam de Escama. A gente não tinha ovos nem ervas amargas e só tinha um pouquinho de sopa com um Matsá pra cada um, e as crianças menores estavam animadas porque foi anunciado que a Madame Stefa tinha escondido uma amêndoa num dos matsot. A nossa carestia festiva, o Zygmuś brincou, ia ser que nem o resto da semana. Korczak disse pros convidados que nenhuma criança à sua mesa tinha sido abandonada e que todas estavam reunidas pelos espíritos de suas mães e de seus pais ausentes que as amavam, e quando ele disse isso muitas crianças começaram a chorar. Boa parte da plateia também. O Mietek achou a amêndoa.

Por uma semana ninguém foi me incomodar. Mas aí num fim de noite alguém bateu forte na porta do orfanato, a Madame Stefa atendeu, foi até a minha cama e disse que um policial judeu queria falar comigo.

Na porta o Lejkin disse que precisava encontrar o apartamento onde a minha amiga, a bonitinha, tinha ficado antes de sair do gueto. Eu disse que não sabia do que ele estava falando, e ele disse que se eu recusasse os alemães que estavam com ele iam pegar dez crianças do orfanato e fuzilar. Ele disse que os alemães não iam nem se incomodar de me dizer quais seriam as fuziladas. Ele esperou eu me vestir e descer a escada e a gente entrou num carro com os alemães no banco de trás. Um deles perguntou a ele em polonês por que eu estava chorando, e o Lejkin disse: "É o que ele faz".

Primeiro eu dei um endereço errado pra eles, mas quando a gente parou na frente eu entrei em pânico, disse que tinha me enganado e dei o endereço certo. Eram só mais sete quadras dali. Alguma coisa presa na ventoinha de aquecimento no painel do carro fazia um barulho de asas batendo. Enquanto eu fiquei esperando no banco da frente, o Lejkin e dois alemães foram até a porta, bateram e pediram pra mulher que atendeu que desse passagem. Ela estava com o seu robe de banho de flores vermelhas. Olhou pra mim no carro. Um dos alemães atirou nela ali mesmo, e eles deixaram ela lá, na frente da porta da casa.

No dia seguinte as crianças estavam falando de quantas pessoas tinham sido mortas em todo o gueto. Korczak disse pra Madame Stefa me deixar dormir, então eles arrumaram o quarto pro dia em volta de mim. Eu falei pra mim mesmo que não ia me mexer e que se eu chorasse até ficar seco tudo bem também. Ninguém sabia quantas pessoas tinham sido mortas. Uma das funcionárias acabou dizendo pro Mietek que tinha ouvido dizer que eram todas pessoas ligadas a um jornal ilegal. Korczak disse que isso não precisava ser discutido com as crianças ali, podendo ouvir tudo. No dia seguinte fizeram eu levantar e fazer algumas coisas na casa, e quando eu estava lavando a louça ouvi sem querer ele falar pra Madame Stefa que o Concílio Judaico tinha soltado uma circular declarando que os alemães disseram que as execuções tinham sido um evento isolado e que não se repetiria.

Depois disso houve revistas diárias nas barricadas que os alemães montavam em ruas diferentes com uns cavaletes e umas placas. Quando as barricadas apareciam você tinha poucos minutos pra sumir antes que as transversais e os becos também fossem fechados. "Agora o dia é um sucesso se você simplesmente consegue chegar aonde estava indo sem maiores incidentes", a Madame Stefa disse.

A solução de Korczak pra tudo isso era escrever cartas. Só porque as coisas estavam piores do que nunca, ele dizia, não significava que a gente precisava aceitar que agir era inútil.

Todos os que tinham uma caligrafia aceitável ficaram escrevendo: *Por favor se possível envie pacotes para o Lar dos Órfãos na rua Sienna número 16, para as criancinhas doentes.* Ele disse que tinha mais e que ia ditar o resto. Mandou escrever que elas brincavam e corriam por ali tranquilamente, aquelas crianças que fazia pouco tempo tinham chegado feridas, congeladas, abusadas, famintas e perseguidas. Algumas crianças perguntaram como se escrevia "tranquilamente", e ele disse que não se preocupassem com isso. Ele mandou escrever que elas não tinham comida e que muitas crianças menores tinham parado de crescer. Que pesadelos e choro eram uma experiência permanente pra elas. E que mesmo assim os ensinamentos dele davam frutos, já que se a comunidade adulta não providenciava um ambiente estável e racional as crianças criariam por si mesmas um mundo que fosse funcional e delicado. Eu escrevi essa frase duas vezes, de tanto que ela me tocou. Ele mandou escrever que havia sempre mais crianças implorando pra serem recebidas na casa, que elas vinham a ele em grupos na rua e lhe apresentavam os seus pedidos como pequenos vereadores esqueléticos. Ele falou pra gente assinar as cartas com o nosso nome e depois *em nome do Dr. Henryk Goldszmit/Janusz Korczak/O Velho Doutor do Rádio.*

Eu não saí da minha cama por três dias, a não ser pra comer, e Korczak de novo disse pra me deixarem em paz. Os percevejos só pouparam a sola dos meus pés. Durante o dia, antes dos meninos colocarem o papel do blecaute, uma nova regra dizia que eles tinham que ficar no canto da janela pra olhar a rua, porque agora os alemães estavam disparando contra qualquer coisa que se mexesse dentro das casas. Um policial que os funcionários chamavam de Frankenstein, porque ele tinha a cara e o jeito do monstro do filme, nunca perdia a oportunidade, eles diziam, de quebrar uma janela se visse uma sombra.

Os meninos ficavam vendo as barricadas e as pessoas passarem pela revista. Podiam ouvir os apitos e os gritos que eram o começo de tudo. Às vezes eles viam alguém que conheciam. Passavam judeus carregando todo tipo de coisa: gaiolas, tigelas, cornos. Um tinha um vaso com uma mudinha plantada. Iam todos pro depósito que os alemães chamavam de Umschlagplatz, onde os trens os levavam dali.

No quarto dia Korczak me acordou de novo pra ir fazer as visitas com ele. A Madame Stefa insistiu pra ele pôr uma camisa mais quente, e ele lutou pra entrar nela. A Madame Stefa teve que ajudar com os suspensórios.

Já na rua, ele não lembrava mais pra onde ia. Na frente de uma porta ele tocou a campainha e me disse: "Por que foi que eu vim falar com ele?". Na escuridão de outra entrada ele disse: "O que é que eu estou procurando?". A parte de cima do sapato dele soltou e ficava batendo enquanto ele andava. A fumaça de carvão no ar deixava uma poeira nos dentes da gente. Todo mundo andava como que em transe e olhava pra mim como se eu fosse um pedaço de pão. Uma mulher na nossa frente numa loja reclamou do preço e Korczak disse pra ela: "Veja bem. Essas coisas não são mercadorias e isto aqui não é uma loja. A senhora não é uma freguesa e ele não é um lojista. Então a senhora não está sendo enganada e ele não está obtendo lucro. Isso é só o que decidimos fazer, já que precisamos fazer alguma coisa". Na volta as pernas dele estavam tão inchadas que ele teve que pagar uma daquelas bicicletas com assento pros passageiros. Ele pediu pra eu escolher o motorista com cara de mais forte, e enquanto a gente voltava se inclinou pra mim e disse com uma voz rouca que o silêncio e a delicadeza desses homens que pedalavam sempre o emocionavam, como se fossem bois, ou cavalos.

Mais crianças ficaram doente, mas a Madame Stefa continuou dormindo no andar de baixo com as saudáveis, e Korczak em cima, na ala de isolamento. "Está frio pra maio", ele me disse uma noite quando fui conversar com ele. Ele estava escrevendo alguma coisa enquanto os outros dormiam.

"Que cheiro é esse?", eu perguntei.

"O carbureto do lampião", ele disse.

A garrafa de vodca tinha desaparecido. "O que é aquilo ali?", eu perguntei.

"Álcool puro que eu misturo com água e com uma balinha derretida pra adoçar", ele disse. Ele perguntou por que eu não tinha jantado, e quando disse que não quis, ele falou que fadiga e apatia eram sintomas de desnutrição. Eu perguntei por que ele não tinha jantado, e ele disse que comer dava trabalho e que ele estava cansado.

Eu sentei ao lado dele na cama do Jerzyk. O Jerzyk estava suando e de olhos abertos. "Álcool misturado com água morna melhora a dor de cabeça e dos olhos", Korczak disse.

Enquanto escrevia ele ficava com o rosto grudado no papel. "O que o senhor está escrevendo?", acabei perguntando.

Ele disse que era pro Judenrat, pedindo autorização pra ele assumir o abrigo público que acolhia mil crianças na rua Dzielna. Ele disse no pedido que estava espalhando boatos de que era um ladrão que ia deixar as crianças passarem fome pra poder se qualificar pra aquele emprego. Disse que era desequilibrado e irascível e que a sua saúde tinha sido devidamente testada na prisão da Gestapo no ano anterior: que apesar das condições horríveis ali, ele nem uma única vez tinha se afastado por doença, nem uma única vez tinha pedido um médico, nem uma única vez tinha faltado ao trabalho no pátio da prisão. Disse que falou pra eles que no momento comia como um cavalo e dormia muito bem depois de dez doses de vodca e que a experiência agora lhe dera a capacidade de colaborar com criminosos e imbecis de nascença.

"Qual é o salário?", eu perguntei pra ele.

Ele disse que tinha pedido um período de teste e um mínimo de vinte mil złotys pra manter as crianças.

"O senhor acha que vai conseguir?", eu perguntei.

"Já consegui", ele disse. "Me deram o emprego de forma permanente mais mil złotys. Quem vai negar ao Velho Doutor do Rádio o privilégio de cuidar de criancinhas que estão morrendo num ritmo de dez por dia?"

"Mas então o que o senhor está escrevendo?", eu perguntei pra ele.

"Eu imaginei que os funcionários mais criminosos de lá iam sair por conta própria, já que obviamente achavam o lugar tão odioso", ele disse. "Eles estavam presos ali só por covardia e inércia. Mas em vez disso eles se uniram contra mim. Eu sou o estranho. O inimigo. A única enfermeira boa morreu de tuberculose. Estou tentando demitir o resto."

"O sal da terra se dissolve e a merda permanece", eu disse pra ele. Era uma coisa que o Lutek sempre dizia.

"É uma bela descrição", Korczak disse.

O Jerzyk disse pra gente que estava com sede, e Korczak se arrancou da cama, desceu até a cozinha e voltou com uma xícara de água. "Aqui eu tenho quatro maneiras de lidar com recém-chegados indesejáveis", ele me disse. "Eu ofereço suborno; eu concordo com qualquer coisa; eu espero quietinho a hora de atacar; ou eu venço pelo cansaço. Lá nada disso funciona."

"Obrigado", o Jerzyk disse, e Korczak falou de nada pra ele.

"Hoje todo mundo vai ficar inquieto porque eu estou com dor de cabeça", ele disse. "Ou porque está frio. Ou porque eles querem passear." O Jerzyk bebeu a sua água.

"Ah, mas que bobagem", ele acabou dizendo e pôs a mão na testa do Jerzyk. "Eu lembro de um velho professor que se indignava com a gente porque o nosso cabelo crescia rápido demais."

No dia seguinte ele estava muito fraco pra fazer as suas visitas, mas no outro eu ouvi ele exclamando: "Levantei! Levantei! Estou de pé!" mesmo lá no andar de baixo, onde eu estava dormindo.

"Ele de novo?", o Zygmuś disse quando viu a gente se preparando pra sair. "Acho que Pan Doctor tem um novo favorito."

A gente foi até um açougue que Korczak tinha ouvido dizer que estaria aberto naquele dia. "Isso aqui é de gente?", ele brincou quando a mulher disse o preço. "Está barato demais pra ser carne de cavalo."

"Como é que eu vou saber?", ela disse. "Eu não estava lá quando fizeram."

Na Twarda o Lejkin e uma fileira de amarelos bloqueavam a passagem. Ele nos chamou e saiu de onde estava, na frente dos outros, pra vir conversar.

"Eu soube que você ganhou novas responsabilidades", Korczak disse pra ele. O Lejkin fez uma reverêcia e Korczak se virou pra mim. "O sr. Szeryński foi preso por vender peles no mercado negro." Eu disse pra ele que nem queria saber e ele explicou que isso significava que o meu amigo agora comandava o Serviço de Ordem. Eu disse que ele não era meu amigo, e o Lejkin disse que, por falar nisso, uma das novas diretrizes era uma cota diária de deportação e que os membros do Serviço que não conseguissem atingir a sua cota seriam eles próprios enviados. E que alguns dos homens dele iam preferir não escolher seus vizinhos e que talvez pudessem usar o resto da minha antiga gangue, já que contrabandistas eram sempre uma boa opção pra começar.

"Deixe o menino em paz", Korczak falou pra ele.

"Eu só estou avisando com antecedência", o Lejkin disse. "De umas transações que eu e ele vamos fazer juntos no futuro." Korczak me puxou dali.

"Não precisa se esconder atrás dele", o Lejkin gritou. "Eu estou te vendo."

Mas aí ele deixou a gente em paz e depois de uns dias Korczak me disse que eu não precisava mais me esconder. "O sr. Lejkin tem mais com que se preocupar agora", ele disse.

Esquentou de novo no Shavuot, a Festa dos Primeiros Frutos, e o problema das moscas piorou tanto que Korczak resolveu estabelecer taxas pro banheiro: você tinha que matar cinco moscas pra mijar e quinze pra cagar. A pessoa que estivesse atrás de você na fila era quem verificava. O Mietek um dia me perguntou de manhã se podia matar depois porque não estava conseguindo mais se segurar, e eu disse que ia matar pra ele.

Aí no começo de junho todo mundo ficou com diarreia e os penicos transbordaram. Korczak e a Madame Stefa imaginaram que tinha sido alguma coisa no pão. O Lar das Crianças era agora um lar de idosos, ele disse pra ela uma noite, e o grupo todo estava exausto, intranquilo e rancoroso. Dava pra ouvir as crianças gemendo nos penicos e na privada.

Ela disse que talvez os alemães parassem, e ele disse pra ela que os alemães estavam administrando a maior empresa do mundo e que ela se chamava guerra e que eles não estavam pra brincadeira e que aquilo não era limpo nem agradável nem cheirava bem. Ele disse que *Nós somos os alemães* significava *Nós somos o rolo compressor*. E aí quando ela começou a chorar, ele disse sem parecer arrependido que também se sentia assim.

Na noite em que os amarelos foram me buscar eu consegui me esconder. Houve tiros a noite toda, a Madame Stefa acordou chorando e não parou até Korczak precisar pedir pra dois funcionários levarem ela pra cima. Ele juntou as crianças em volta dele e disse que a Madame estava transtornada porque um dos meninos preferidos dela tinha sido morto. Ele disse o nome do menino, ninguém conhecia, e Korczak explicou que ele já tinha se formado. Um menino perguntou o que estava acontecendo e ele disse que ninguém sabia, mas naquela noite sem querer ouvi ele dizer pra Madame Stefa que os alemães estavam exterminando todos os contrabandistas. Soldados com cachorros derrubavam as portas e arrancavam as pessoas de dentro das casas. O Serviço de Ordem agora estava patrulhando o muro do gueto. Eles tinham pintado números brancos de cinquenta em cinquenta metros, e cada policial era responsável por uma área numerada. O plano aparentemente era usar aqueles judeus pra matarem os outros de fome.

A Madame Stefa lembrou do dia em que o rapaz que foi morto tinha ajudado ao trazer metade de uma vaca em seis malas pelo telhado de um prédio que tinha sido evacuado por causa do tifo, e lembrou de como as crianças tinham ficado empolgadas com a carne. Ela lembrou que depois que a cidade se rendeu ele arrombou um armazém do Exército e voltou com duas fronhas cheias de arroz e de açúcar.

Ela perguntou a Korczak se ele queria chá, e ele disse que se ela queria fazer chá devia fazer pro Jerzyk, cuja febre estava pior. Ela perguntou se ele queria água com sacarina e ele disse que se ela queria fazer água com sacarina devia fazer pra um funcionário que tinha dado a sua porção no jantar pra uma menininha que estava chorando.

Na dia seguinte de manhã eu fiquei com a calha de carvão no porão, e enquanto eu estava lá embaixo o Zygmuś desceu a escada com um lampião de carbureto. O carbureto chiava. Primeiro ele disse que eu parecia um limpador de chaminés e depois que um menino tinha vindo com um recado pra mim e disse que eu ia saber quem ele era. O menino tinha mandado me dizer que a Adina tinha saído do esconderijo porque os alemães foram atrás dela, e disseram pra ela que iam matar os seus amigos se ela não aparecesse. Quando ela apareceu, os alemães enforcaram ela no apartamento da família dela, na frente da sua mãe. O menino queria que eu soubesse que ele ia me achar e me matar. Quando acabou, o Zygmuś fez uma cara de quem diz que era só isso, aí chutou um pouco do carvão e subiu a escada com o seu lampião.

"Você sabe do meu outro amigo da madrugada, imagino", Korczak disse pra Madame Stefa quando ela apareceu na porta dele e me viu sentado na cama do Mietek. O Mietek agora também estava com febre.

"Você não está conseguindo dormir?", ela perguntou e me olhou com cara de pena. A casa toda estava em silêncio. Só algumas crianças tinham ruidosas dificuldades pra respirar.

"Havia tanto vento e tanto pó ontem", Korczak disse depois de sentar no pé da cama do Jerzyk.

"Eu cheguei a achar que a tempestade tinha limpado o ar e que seria mais fácil respirar", ela disse pra ele. Estava tão quente que as crianças estenderam os lençóis no chão. Todo mundo que conseguia andar tinha passado dois dias lavando sem parar aquele chão e ele ainda tinha cheiro de diarreia.

Eu estava com ele porque agora toda vez que as luzes se apagavam eu lembrava da minha mãe quando ela acordou e não me viu no hospital e da incapacidade dela de cerrar o punho. Eu via o rosto do Lutek quando o seu gorro de pele de coelho voou.

"Enquanto eu estava aqui deitado, inventei uma máquina", Korczak disse deitado de costas. "Era como um microscópio que enxergava dentro de você. Tinha uma escala que ia de um a cem, e se eu regulasse o micrômetro pra noventa e nove, aí todo mundo que não tivesse mantido pelo menos um por cento da sua humanidade morria. E quando eu fiz a máquina funcionar as únicas pessoas que sobraram eram quase todas bichos. Todas as outras tinham morrido."

"Você teve uma semana difícil", a Madame Stefa disse.

"E depois que regulei o parafuso pra noventa e oito eu também sumi", ele disse.

"É, pois é, ia ser horrível", ela disse e ele parou de falar. O Mietek agitava os braços enquanto dormia.

"As crianças agora estão dizendo que nem os pássaros querem passar por cima da casa", Korczak disse, e ela esfregou o rosto, cansada ou impaciente. Ele disse que ler não estava mais funcionando pra ele e que esse era um sinal muito perigoso.

"Eu vi o Bula ontem", ela disse pra ele. Ele sorriu quando ouviu o nome, e ela continuou: "Você consegue acreditar que ele já está com quarenta anos? Ainda ontem ele tinha dez. Ele me convidou pra tomar uma sopa de repolho com eles. Ainda está no contrabando. Disse que toda manhã dá uma caneca de leite e um pão francês pro menino dele. Eu perguntei por que ele nunca vinha nos visitar, e ele disse que quando estava bem de vida nunca tinha tempo e quando não estava como é que ia poder aparecer aqui tão esfarrapado e sujo?".

"Bula", Korczak disse, e eles se calaram.

"Você disse pra ele que agora ele precisa parar?", ele acabou perguntando.

"Você conhece o Bula", ela falou.

"Será que eu tenho que fazer tudo?", ele disse. "Será que eu tenho que ir atrás dele?"

"Ele não vai te escutar", ela disse. Ele fechou os olhos e não respondeu.

"Eu não tenho a menor ideia do que vamos fazer com a Balbina", ele disse, em vez de responder. "Se você quer medir a sua resistência à loucura, tente ajudar um Shlemiel."

"Ela ainda está tomando pé", ela disse. "No outro orfanato ela não tinha tantas responsabilidades."

"Você põe o papel na mão dela. Ela tem que entregar hoje; com o endereço e a hora anotados", ele disse. "Mas ela perdeu o papel ou esqueceu de levar quando saiu, ou se assustou, ou o carregador mandou ela ir a outro lugar. Ela vai amanhã. Ela vai depois de amanhã. Ela vai quando terminar de limpar. E será que era tão importante assim?" Ele pôs a mão em cima dos olhos e a Madame Stefa disse que ele estava sendo grosseiro.

"Eu sou grosseiro", ele disse. "Pra trabalhar aqui você tem que ser grosseiro. Você tem que estar sujo de merda, tem que feder, tem que ser ardiloso."

"Você parece bem apresentável quando faz as suas visitas", ela disse.

"Eu não faço visitas", ele disse. "Eu vou mendigar dinheiro e comida. É difícil e é degradante."

"Eu sei", ela disse.

"Você", ele disse pra mim. "Você nunca lê. Quer se afundar na burrice?"

"Deixa o menino em paz", a Madame Stefa disse. "Ele está progredindo na educação dele."

"Na *educação?*", ele disse. "Isto aqui é uma prisão. Um navio tomado pela peste. Um asilo. Um cassino. Uma ratoeira desarmada. Os cadáveres que você tira da rua de manhã estão empilhados de novo à tarde."

"Não há razão para assustar as crianças", ela disse pra ele.

"Isso espirrou em todo mundo", ele disse.

"Você tem muita coisa pra fazer amanhã", ela falou. "Precisa descansar." Ela encheu o copo dele com a água do jarro da mesinha. Ele pegou o copo e tomou um gole longo.

"Você sabe por que o Jerzyk veio pra cá?", ele perguntou. Ela respirou fundo e falou que não. Ele disse que toda a família do Jerzyk tinha morrido na quarentena e que ele tinha desenterrado o corpo do pai pra pegar uma ponte dentária de ouro que queria vender pra comprar comida, mas aí teve que usar o dinheiro pra poder sair do Umschlagplatz. "Está entendendo o que eu quero dizer?", ele disse. "Ele teve que desenterrar a cabeça do pai e aí arrancar a ponte da boca do pai. E nem assim conseguiu a comida de que precisava."

Alguém gritou lá embaixo e a Madame Stefa saiu pra investigar. Korczak ficou tão imóvel depois disso que eu achei que ele tinha caído no sono.

Ele não abriu os olhos quando ela voltou. "Eu sempre acho que o alívio que a gente sente depois das revistas nos diz alguma coisa", ela disse. "Por que a gente fica aliviado de ser deixado *aqui*? E por que eles começam pelos velhos e pelas crianças? Por que você ia começar a redistribuir os que vão ter mais dificuldades num lugar estranho?"

Korcazk sentou e se serviu de novo da água do jarro. Aí deitou, fechou os olhos e não bebeu a água.

A Dora tinha sido levada duas vezes e conseguiu voltar duas vezes, a Madame Stefa falou pra ele. A Dora disse que se um dia eles fossem levados pro Umschlagplatz o melhor era ir ficando na rabeira da marcha porque quando os trens lotavam eles às vezes deixavam os outros irem embora.

Korczak disse que era um bom conselho.

"A gente não devia falar desse jeito na frente do menino", ela disse cansada. Korczak concordou.

"Será que um dia você vai pra cama?", ele me perguntou. Eu disse que não com a cabeça.

Ele não pareceu surpreso. Disse que Korczak o sonhador já estava bem longe dali. Fora da cidade. Já estava num deserto, caminhando sozinho. Ele está vendo uma terra desconhecida, ele disse. Está vendo um rio e uma ponte. Barcos. E lá longe: casinhas, vacas e cavalos. Ele não tinha percebido que tudo na Palestina era tão pequeno. Ele continua caminhando, ele disse, até não conseguir mais andar. Continua caminhando, até um pouco antes de despencar no chão.

Na noite seguinte a Madame Stefa estava exausta demais pra ficar acordada, então ficamos só nos dois. Aí eu caí no sono na cama do Mietek e quando acordei era quase dia e a Madame Stefa estava pedindo as notícias do dia. Korczak arrancou o papel de uma janela, mas fora isso deixou todo mundo dormir. Ele disse pra ela que a Reginka estava com febre reumática e que de noite ele tinha administrado salicilato até ela ficar com os ouvidos zumbindo e enxergando amarelo. Ela tinha vomitado duas vezes e os calombos na perna estavam ficando claros e não doíam mais. Ele disse que o Mietek ainda estava com dificuldade pra respirar.

"Os seus cigarros provavelmente não estão ajudando", a Madame Stefa disse.

Ele falou pra ela que a fumaça era um bom expectorante pras crianças e ela respondeu que isso era teoria dele. Ela disse que às vezes quando subia pra falar com ele o ar estava tão pesado que *ela* não conseguia respirar. Ele disse que ela fazia ele se lembrar de um severo regimento de mulheres — esposa, avó, cozinheira — ao qual o pai dele sempre cedia em nome da paz.

"Ele está dormindo?", ela perguntou, e eu não ouvi a resposta dele, mas não me mexi. A minha cabeça estava virada pro outro lado.

Ela disse que duas meninas não estavam mais reclamando de fome e pareciam em estado de hibernação. Outras não dormiam mais por causa da insônia causada pela fome. Ela mantinha as meninas cobertas, mas elas estavam sempre com sede e frio. As fezes delas estavam semilíquidas e turvas. Quando ela apertava a pele das meninas, a marca ficava quase dois minutos. Uma estava tão desconjuntada por causa da fraqueza que não conseguia fechar um botão. As que tinham mais fome viviam aparecendo e desaparecendo em volta da cozinha. Todas estavam com sarna e com frieiras.

A morte por inanição não tinha muito drama, Korczak disse pra ela. Era uma coisa arrastada e desalentadora. Pelo menos até aparecerem os corvos ou os ratos e cachorros.

"Ah, pare com isso", ela disse pra ele.

"Eu estou sendo cruel?", ele perguntou pra ela.

"Você está sendo um estorvo", ela disse pra ele.

"Eu percebi que ajuda se eu disser a mim mesmo que aqui as crianças podem morrer ou se recuperar", ele disse, "exatamente como no hospital."

"É", ela disse. "Aconteceu uma coisa estranha hoje. Quando eu estava esvaziando os penicos de manhã, encontrei um menino de rua na nossa porta."

"Dá pra sentir o cheiro da amônia", ele disse. "E isso não é estranho. Você falou pra ele entrar?"

"Ele não queria entrar", ela disse pra ele. "Queria olhar o salão principal. Eu até dei um passo atrás pra ele poder ver o que queria. Quando perguntei o que ele queria, ele foi embora."

"Eu entendo o menino", Korczak disse.

Eu fiquei na janela olhando a rua naquela dia e no dia seguinte, mas nem sinal do Boris. Um menino de boné azul ficou vigiando o orfanato nos dois dias, mas não era ele. Eu não saí. Todo mundo dizia que eu era egoísta porque demorava demais no banheiro. Todo mundo discutia sobre quem tinha tido a pior noite. Todo mundo se preocupava com a sua temperatura de manhã cedo. "Quanto está?", as crianças perguntavam pros funcionários quando eles ainda estavam tentando ler o termômetro. "Quanto estava a sua?", elas perguntavam umas pras outras.

Na hora do jantar Korczak anunciou que o orfanato ia montar uma peça de um poeta indiano chamada A *agência de correio*. Ela seria montada no terceiro andar na antiga sala de baile, que ia ter que ser limpa e desentulhada pro evento. O texto estava à disposição de quem quisesse ler por um ou dois dias, e os testes iam começar depois disso. Uma das funcionárias, a Esterka, seria a diretora. Ele pediu pra ela levantar pra receber os nossos agradecimentos e ela acenou com a mão.

Uma menina nova tinha sido deixada no orfanato pelo irmão, e ninguém dormia por causa dos pesadelos que ela tinha e por causa dos gritos que ela dava. Seu nome era Gieńa, ela tinha nove anos e de dia não incomodava ninguém, se bem que também não trabalhava. O pai dela tinha morrido de tuberculose e a mãe e as irmãs mais velhas de tifo, e antes de deixar ela ali o seu irmão mais velho enfeitou a menininha com tantas fitas, contas e tiras compridas de crepe que eu fiz ela rir quando perguntei se ela era uma hotentote. Ela comia protegendo o prato com a mão. No escuro gritava tanto que algumas noites, como eu já estava acordado mesmo, eu levei ela pro terceiro andar pros outros poderem dormir. Eu ficava sentado com ela enquanto ela urrava e ela me contou do seu irmão Samuel, que tinha dezessete anos e trabalhava numa loja do gueto, e me mostrou como ela ficava em cima dos pés dele e o abraçava pela cintura e era levada pelo quarto quando ele marchava. A tia dela tinha ficado triste porque disse que a Gieńa comia todo o pão e que logo ia acabar com tudo, então mandou o Samuel colocar a irmã no orfanato pra ela não ter que viver com alguém que roubava dela. Contar a sua história acalmava a Gieńa, mas as aranhas do terceiro andar a incomodavam. Eu disse que ela só podia voltar lá pra baixo se parasse de gritar, então ela prometeu que ia parar e na noite seguinte quando eu fui ver ela estava acordada e chorando, mas baixinho. Ela me mostrou uma concha na palma da mão e cantarolou: "Caracol, caracol, mostra os chifres por favor", e depois da gente ficar um minuto olhando, ele mostrou.

Claro que não havia o suficiente nem pros cenários nem pros figurinos improvisados que a Esterka tinha planejado, Korczak me disse logo de manhã no dia seguinte, parado ao lado da minha cama, então era hora de Dom Quixote e Sancho Pança voltarem às suas andanças. Eu disse pra ele que não sabia do que ele estava falando, e ele disse que já estava acostumado com isso. Quando eu falei que não queria ir ele disse que já estava acostumado com isso também.

"Será que não dá pra outra pessoa ir?", eu perguntei pra ele. Eu estava com medo do Boris.

"A Madame Wikczyńska perguntou recentemente por que eu gostava tanto de você", ele disse, enquanto esperava eu procurar o meu sapato. "Eu não vejo onde está o grande mistério disso."

"Tinha um menino lá fora que queria me matar", eu disse pra ele. Não olhei pra ele quando falei.

"Você vai ficar seguro comigo", ele disse. Ele saiu, parou na porta da rua e fingiu que estava olhando o que tinha nos bolsos até eu juntar coragem pra sair. Ele me disse que eu ia receber um Cartão de Bons Cuidados por ter ajudado um dos recém-chegados. O cartão podia ser trocado por uma porção extra de doces.

De novo as únicas pessoas que estavam na rua assim tão cedo eram os mendigos. Alguns ainda estavam no seu canto com a sua tralha e outros tinham se embrulhado no que conseguiram e iam de pessoa em pessoa pedindo alguma coisa. Um menino que parecia o meu irmão mais velho tinha gravado na sua braçadeira *Judeu útil para a economia.* Quando me pegou olhando, ele me mostrou uns dentes pretos. "E como é que você está?", ele disse. "Quanto tempo sobrou pra *você?*" Ele continuou com aquela expressão horrorosa até quando Korczak deu uns groszy pra ele. Um casal de velhinhos contornou o nosso trio com os olhos no chão como se estivesse procurando alguma coisa perdida.

A primeira casa que a gente tentou deu pra Korczak todo o dinheiro de que ele precisava depois que ele descreveu a peça, e aí ele teve um ataque de tosse. "Bom, eis uma boa notícia", ele disse, mas assim que a gente saiu dali dois corpos na rua, cobertos com folhas de papel, fizeram ele parar. Onde o papel não estava calçado com pedras ele levantava ao vento.

A gente passou por um relógio de lareira embrulhado com corda. "Sabe, quando eu estudava medicina ficava sentado à noite na sala de autópsia depois que ela fechava", ele disse quando a gente começou a andar de novo. "Eu pagava o guarda pra ele me deixar ficar ali."

Eu estava coçando os piolhos. Até nos seus últimos dias a minha mãe ficava implorando pra eu passar querosene todo dia. E mesmo nos últimos dias eu mentia. No hospital eu gritei pra ela parar com isso e ela virou pra parede e me mandou sair.

Korczak segurou o meu braço e a gente quase caiu. "Eu só ficava ali olhando o rosto das crianças mortas", ele disse. "O que eu fazia ali? O que eu estava procurando?"

Uma coluna de amarelos passou correndo. Ele parecia transtornado com a pergunta, então eu falei pra ele que não sabia.

"Que pessoa estranha e desagradável eu era. E sou", ele disse. Ele disse que queria ter trazido um cigarro. Disse que queria ter comido no café da manhã.

"Eu não tenho certeza se sei o que fazer com tempos bons", ele disse. "A minha mãe me dizia que o pai dela se sentia tão à vontade em ser pisoteado pelo mundo que quando tirou a sorte grande numa loteria, escondeu a notícia de todos por mais de uma semana."

A gente passou por cima de uma escrivaninha que estava bloqueando a calçada, com as gavetas abertas e o tinteiro quebrado. Ele ficou pensando se valia a pena mandar alguns meninos virem pegar. Aí pediu pra eu não deixar ele esquecer que ainda precisava conversar com Kramsztyk sobre a má qualidade do carvão dele. Durante o resto do trajeto da volta ele ficou virando a cabeça pra lá e pra cá como se estivesse com dor no pescoço.

Os testes pra peça foram no terceiro andar depois de ele ter sido preparado. A Gieńa ficou com o papel da florista Sudah, ela me contou à noite, e eu disse que ela já estava com as roupas certas. O Jerzyk apesar de ainda estar com febre foi escalado como faquir e já tinha começado a ensaiar os seus truques de mágica. Eles iam escolher por último o papel principal, Korczak disse, e ele queria que eu fizesse o teste. Eu quis saber que papel era, ele perguntou se eu tinha lido a peça e eu disse que não. Ele disse que o ator principal era um menino que estava morrendo e que servia de inspiração pra todo mundo.

"Ele é o herói?", eu disse. Estava todo mundo desfazendo as camas.

"De certa forma", ele disse. "Acho que você ia se dar muito bem nesse papel."

"Ele?", a Madame Stefa perguntou.

"Ele", Korczak disse pra ela. Eu respondi que não, mas fiquei surpreso com a felicidade que me causou ter sido convidado. No dia seguinte Korczak anunciou que a estrela seria um menino chamado Abrasha, que tocava violino.

Eu estava esvaziando as latas de lixo com o Zygmuś e outro menino e vi o Boris descendo a rua com uma mulher alta de chapéu de palha. Não parecia que ele tinha me visto, e quando voltei pra dentro passei direto pela longa fila de crianças que estavam esperando na frente do banheiro, subi pro terceiro andar e entrei numa peça pintada do cenário que dizia *Casa do Senhor Prefeito*. Eu esperei, aí ouvi passos, alguém entrou e fechou a porta. Eu conseguia enxergar pela fresta ao meu lado.

A mulher do chapéu de palha e Korczak tinham entrado, mas eu não estava vendo o Boris. Eles examinaram um o rosto do outro e disseram que era bom se encontrar de novo. Ele falou da peça e ela contou como tinha entrado no gueto. Disse que tinha trazido bolos de mel e vitamina B pras crianças, e ele agradeceu.

Ficaram em silêncio. Ele perguntou por que ela tinha aparecido e ela disse pra ele que foi pra tirar ele dali, e ele falou que achava mesmo que devia ser alguma coisa assim. Ele perguntou como ela pensava em fazer isso, e ela disse que fazia parte do movimento Żegota, que distribuía jornais convocando os poloneses a ajudar os judeus, e que eles levavam e traziam gente pra lá o tempo todo. Ele perguntou se iria sozinho. Ela disse que talvez até uns três ou quatro pudessem ir com ele. Aí ela ficou em silêncio de novo.

Dava pra eu ouvir as crianças no andar de baixo. Alguém mexeu na maçaneta, viu que a porta estava trancada e desceu de novo.

"Eu estou pedindo pra você aceitar a minha ajuda", a mulher disse.

"Nós que estivemos aqui, se um dia nos reencontrarmos", ele acabou dizendo pra ela. "Como vamos poder nos olhar nos olhos sem perguntar 'Como foi que *você* acabou sobrevivendo?'."

A mulher ficou examinando as próprias mãos. "Por que alguns, mesmo que fossem poucos, não poderiam ser salvos?", ela perguntou.

Alguém deixou cair pratos lá embaixo e as crianças bateram palmas.

E o resto?, ele perguntou. Ela conseguia imaginar os que iam ficar pra trás? "'Pan Doctor foi embora. Fique aqui esperando no escuro'", ele disse.

Eu não conseguia ver se a mulher estava chorando. "Nós fazemos o nosso jornal", ela disse. "Vocês produzem peças. Que bem vem dessas coisas? Talvez devêssemos estar aprendendo a usar um rifle."

Korczak riu. "Eu ia adorar entrar pra clandestinidade, mas que armas eles têm?" ele disse. "Um grupo tem um revólver. Eles me mostraram."

"Você pode sair agora", ele gritou depois que eles ficaram sentados ali mais algum tempo, e eu levantei e dei a volta no cenário. A mulher não pareceu surpresa ao me ver. "Você pode me ajudar a levar a Maria até a porta", ele disse. "Ela é uma das minhas ex-alunas mais bem-sucedidas."

"O menino que está com ela é o sujeito de quem eu estava falando", eu disse pra ele. Mas Korczak não respondeu, e a gente desceu a escada atrás dele. Quando eu fui me deixando ficar pra trás ele disse pra eu ir de uma vez, e no salão da entrada ele beijou a mulher dos dois lados do rosto e aí ela beijou ele na boca. O Boris estava parado ao lado da porta olhando pra eles e aí olhou pra mim como se nunca tivesse me visto na vida.

"Por favor pense no que nós discutimos", a mulher disse pra Korczak.

"Eu queria conseguir *parar* de pensar nisso", ele disse pra ela. "Por favor agradeça aos nossos amigos em nome das crianças."

"Pegou no sono?", ele me disse depois que eles saíram e fecharam a porta. "Vai ficar aí parado que nem um tonto?"

Na cozinha ele foi parado por uma menininha. "Você é a décima pessoa que me pergunta dos bolos de mel", ele disse pra ela. "Por acaso você acha que os bolos de mel são o único problema que eu preciso resolver?" Ela foi procurar a Madame Stefa, que lhe deu um abraço. "Será que eu preciso ter um olho nas costas pra manter todo mundo ocupado?", ele gritou pro grupo.

Ele lia as suas cartas em voz alta de manhã bem cedo quando achava que todo mundo estava dormindo, então naquela noite eu fiquei parado na escada esperando no escuro. Tinha passado o dia desorientado com aquela reação do Boris.

Korczak segurou a carta contra a luz e leu: "Para o editor da *Gazeta Judaica*: Caro senhor editor! Muito obrigado por sua avaliação favorável da atividade do Orfanato. Mas: 'Gosto de Platão, mas gosto mais da verdade'. O Orfanato não era, não é nem jamais será o Orfanato de Korczak. O sujeito é pequeno demais, fraco demais, pobre e imbecil demais para acolher, alimentar, aquecer, proteger e ajudar quase duzentas crianças a começarem a vida. Essa tarefa grandiosa... essa tarefa hercúlea..."

Ele parou, limpou a garganta, soltou a folha de papel e anotou umas coisas nela. "... vem sendo realizada graças ao esforço conjunto de centenas de pessoas de boa vontade, de mente iluminada e de grande percepção. Além das próprias crianças."

Parou de novo, ainda olhando pro papel. "Desprovidos de confiança, não temos o costume de fazer promessas. Mesmo assim, estamos convictos de que uma hora passada junto ao belo conto de fadas de um poeta e pensador vai gerar uma experiência da mais alta ordem na escala das sensações. Portanto, todos juntos nós o convidamos...", ele disse. "Aproveitamos esta ocasião para convidá-lo..."

Ele levantou, se afastou da carta, depois sentou na sua cama.

Três semanas de ensaios estavam agendadas no quadro de avisos e a data da montagem ficou marcada pro sábado, 18 de julho. Os que não estavam envolvidos foram estimulados a contribuir com as suas opiniões quando não estivessem ocupados com as tarefas da casa. Na noite da véspera todos tiveram intoxicação alimentar e os funcionários que não estavam vomitando ou agachados nos penicos andavam no escuro com jarros de água de cal e morfina pra dar pros que estavam pior. O Mietek teve um pesadelo tão horroroso com a mãe dele que soltava uivos e gritava que estava ardendo em chamas e morrendo de sede, até que Korczak berrou na cara dele que ia jogar ele pela escada e deixar ele na rua se não ficasse quieto.

"Parece que funcionou", a Madame Stefa disse pra ele depois, enquanto estavam passando trapos úmidos no rosto dos doentes.

"O nosso diretor berra, portanto está no comando", ele disse pra ela.

"Ele estava incomodando todo mundo", ela falou.

"Eu sou o filho de um louco", ele disse. "Até hoje essa ideia me atormenta."

De manhã o salão principal parecia um campo de batalha, mas às cinco da tarde os artistas estavam recuperados e caracterizados.

A plateia lotou a sala e até com as janelas abertas estava quente, então todo mundo ficava se abanando com os programas. O cheiro era o da noite passada.

Korczak recebia os convidados e dizia pra eles que um autor indiano ia falar através das bocas das criancinhas judias de um gueto polonês. As luzes se apagaram, sussurros e ruídos vieram de trás da cortina e as crianças das primeiras filas se empurravam e se davam trancos. A peça, quando começou, parecia feita pros menorzinhos. O Abrasha era um menino doente que não tinha permissão pra sair do quarto. Com as luzes a sua sobrancelha única e pesada o deixava com cara de bravo. Ele conversava com o médico, com a mãe, com o padrasto, com um vigia na rua, com o prefeito, com um faquir e com uma florista. Aí alguém intitulado Médico Real veio todo vestido de branco e o Abrasha disse pra todo mundo que não estava mais sentindo dor, e quando o menino que fazia o papel do pai perguntou por que ele estava apagando as luzes do quarto e abrindo as cortinas e de que ia servir a luz das estrelas, Giena, a florista, deu um passo pra frente, estendeu as mãos e disse: "Cala-te, descrente". E foi como se toda a plateia tivesse decidido prestar atenção. O menino que estava do meu lado e tinha começado a se coçar parou.

O médico disse que o Abrasha estava dormindo, a Giena perguntou quando ele ia acordar e o médico disse que assim que o rei viesse chamá-lo deste mundo. Ela perguntou se ele podia dizer uma coisa por ela no ouvido do Abrasha, e quando ele perguntou o que ela queria dizer, ela disse, antes das luzes apagarem, pra ele falar que ela não tinha se esquecido dele.

Todo mundo disse que ficou muito comovido com a peça. Uma velha com chapéu de chinês disse pra Korczak que ele era um gênio e conseguia fazer milagres num buraco como aquele. Ele falou pra ela que provavelmente por isso é que pros outros tinham sido reservados os palácios.

Quatro dias depois houve um barulho na rua de manhã bem cedo, na cozinha a Madame Stefa parabenizou Korczak pelo seu aniversário, deu pra ele uma xícara com alguma coisa que ela tinha feito, e aí soltou um grito quando viu pela janela as fileiras de azuis e lituanos e ucranianos de preto com colarinho de couro marrom. O Boris tinha me ensinado os uniformes. Um menino que vinha trazendo recados do hospital chegou engasgado e sem fôlego. Ele disse que as crianças de lá estavam sendo evacuadas pro Umschlagplatz e parece que largadas junto do trilho ainda com a roupa do hospital. Korczak pegou algum dinheiro escondido atrás do fogão e saiu correndo pela porta enquanto o menino ainda estava falando.

Eu corri atrás dele. Pra onde eu iria se ele sumisse? Colidi com um grupo que estava correndo e um sujeito com uma valise me derrubou. Todo mundo saía correndo do quintal da casa ao lado, e os que estavam mais atrás levavam chicotadas e tentavam abrir caminho. A gente foi levado pela rua como um rio e reunido numa barreira. Eu não conseguia ver se Korczak estava ali também. Dividiram a gente em quatro filas e fomos jogados no chão, sentados. Um dos lituanos ofendia e golpeava com um cassetete a cabeça de qualquer pessoa que não obedecesse. A gente ficou ali encolhido enquanto cada vez mais pessoas chegavam, todas chorando e chamando amigos e parentes no meio da multidão. Elas gritavam: "Cadê os meus filhos? Diga pra eles que eu estou indo". Ou que tinham uma máquina de costura ou que trabalhavam na Többen. Os amarelos cuidavam das laterais do grupo e os lituanos da parte de trás, e eles puseram todo mundo de pé e fizeram a gente andar de novo.

Eu consegui ir me aproximando do primeiro amarelo e todo mundo gritava com ele ao mesmo tempo, dizendo os seus nomes, perguntando se ele podia fazer alguma coisa, pedindo pra ele dizer pras esposas, pros filhos ou pros maridos onde eles estavam. Ele gritou pra todo mundo calar a boca, e quando eu consegui me aproximar o bastante pra perguntar se ele conhecia o Lejkin ele bateu na minha cara com o cassetete.

Uma menininha me ajudou a levantar e estava chorando e dizendo que eles tinham que deixar ela ir pra casa pra poder cuidar da irmã mais nova. Eu perguntei por que ela estava dizendo aquilo pra mim, e uma mulher pegou a mão dela e a levou dali. Pessoas eram pescadas na multidão ou pulavam pra dentro de uma porta aberta ou mergulhavam pela escada de um porão quando os policiais estavam distraídos ou dispostos a fingir que não viam.

Um azul arrastou pra dentro do grupo uma menina de um apartamento por onde a gente estava passando e eu me enfiei pela porta antes dele fechar. A menina gritou: "Seu policial!", e aí sumiu. A porta interna estava trancada, mas eu fiquei segurando a externa com o braço nos trincos. Segurei firme até tudo ter passado e a rua ficar quieta.

Eu abri só uma fresta da porta e vi um sapato caído de lado na rua. O meu rosto estava amortecido. O braço que segurava a porta estava tremendo. Ouvi metal batendo e abri mais a porta.

Um alemão mais pra baixo na rua martelava o mecanismo do seu fuzil com a coronha da baioneta. Dava pra eu ver uns óculos nas pedras ao lado dele. Mais perto de mim, uma menina caída de costas.

Eu fechei a porta, mas ainda dava pra ouvir os gritos dela. A casa à minha volta estava silenciosa. Quando eu finalmente olhei de novo pela porta a menina estava morta e a rua vazia, a não ser por ela e os seus óculos. Até o sapato tinha desaparecido. O sol machucava meus olhos.

Na primeira rua depois dessa deu pra eu acompanhar com os olhos o rastro de maletas e chapéus espalhados. Persianas balançavam e rangiam. Uma bateu na parede. Plumas ainda flutuavam, soltas dos acolchoados rasgados.

Eu fui voltando pro orfanato e dois saqueadores passaram com uma secadora. Na Twarda um alemão estava cutucando uma pilha de roupa com uma vara comprida e eu me escondi e esperei ele ir embora. Na Sienna os ucranianos estavam sentados e encostados no muro do gueto, cansados e bebendo com a camisa aberta. Entrei no orfanato pelo quintal.

As crianças estavam no meio da sala do primeiro andar com o papel do blecaute ainda nas janelas. Todo mundo junto no chão. A Madame Stefa me abraçou, mas Korczak ficou com os braços em volta do Mietek e de outra menininha que estava dormindo. A Madame Stefa me mandou ir lavar o rosto.

Algumas crianças cochichavam, mas a maioria só ficava escutando. Na rua tinha gritos, apitos e coturnos correndo. De vez em quando alguém levantava pra usar o penico.

A gente ficou desse jeito um dia e uma noite toda. Não teve jantar. Ninguém acendeu a luz. Quando ficou tarde, Korczak levantou e, se desviando do emaranhado de chinelos, ergueu um canto do papel do blecaute de uma janela. Ele ficou parado ao lado da Madame Stefa, que estava dormindo com a cabeça jogada pra trás e de boca aberta, e pôs um dedo na frente da boca quando me viu olhando. A gente ficou se olhando até o sol chegar e parecer que a cidade lá fora tinha sumido, a não ser por um ou outro tiro ou por alguma voz chamando no escuro.

Depois disso Korczak saía todo dia e não deixava mais ninguém ir com ele. Quando voltava, dizia pra quem quisesse ouvir o que estava acontecendo até onde ele sabia. As crianças menores seguravam na mão das mais velhas, orgulhosas de estarem sendo incluídas.

Ele disse que membros do Concílio Judaico tinham sido presos e que as famílias deles estavam sendo mantidas como reféns. Disse que tinha aparecido uma declaração anunciando que todos os judeus iam ser redistribuídos fora de Varsóvia e que só uns poucos trabalhadores iam ficar fora dessa regra, e também que aqueles que se apresentassem voluntariamente iam receber três quilos de pão e um de geleia. Ele disse pra Madame Stefa que só os alemães mesmo pra decidir começar tudo isso no Tisha BeAv, e quando um menino perguntou por quê, ele explicou que o Tisha BeAv era um dia de jejum em memória da destruição do Primeiro Templo por Nabucodonosor, rei da Babilônia, e do segundo pelo imperador romano Tito. Disse que eles estavam indo de rua em rua e que as portas que estavam trancadas ou com cadeados eram arrombadas e que as ruas evacuadas num dia eram revisitadas no dia seguinte pra pegar as pessoas que tinham se escondido nos lugares já revistados.

Ele disse como tinha salvado um ex-aluno arrancando ele das mãos de um policial judeu e gritando que tinha salvado a filha do policial naquela tarde, e assim o policial deixou os dois irem embora, mas que ele *não tinha* salvado a filha do policial, e que o sujeito não tinha como saber disso com certeza.

Contou que tinha sido jogado numa das carroças de coleta e que aí uma rua depois tinha sido reconhecido por outro amarelo que o ajudou a descer e disse pra ele não dar uma de herói pra aquilo não acabar com todo mundo morto ali. Se eles tinham que entregar um braço ou uma perna pra salvar o corpo, que seja. E se os judeus ajudassem, aquilo não ia significar menos perdas e menos brutalidade?

Era assim que se esperava que eles marchassem rumo ao desconhecido?, a Madame Stefa perguntou, sem roupa limpa, sem trouxa, sem nem mesmo um pedaço de pão?

Tantas crianças estavam chorando que Korczak disse que o policial tinha garantido pra ele que o orfanato era tão famoso que os alemães nunca iam mexer com eles. Todas as outras pessoas estavam alucinadas tentando conseguir documentos de trabalho, e homens que tinham sido capitães de indústria agora ficavam exultantes por varrer o pátio de uma fábrica, e todo mundo comentava que as oficinas dos fabricantes de escova eram as melhores, porque eram controladas pelo Exército, ou que a fábrica da Többen na rua Prosta é que era, porque o dono era cunhado de Göring, aí todo mundo queria um cartão da Többen. Mas ninguém sabia o que funcionava e o que não funcionava, e o que parecia seguro num dia no outro virava bolha de sabão. Ele disse que enquanto estava preso na carroça um alemão falou pra uma mulher que estava com documentos que tinham todos os selos e assinaturas certos que ela era uma imbecil e que o melhor documento que *ela* podia ter esperança de encontrar era um porão.

À noite a gente ficava quietinho escutando as patrulhas. Dava pra ouvir os sons abafados das pessoas saindo de onde estavam escondidas em busca de água e de comida. Quando alguém gritava ou chamava lá na rua, a gente não tinha permissão pra ir olhar.

Quase ninguém estava conseguindo dormir. Korczak e a Madame Stefa ficavam conversando no terceiro andar até bem tarde da noite. Às vezes eu ia escutar na escada e às vezes não. Eles falavam tão baixo que eu não entendia tudo. Ele disse que o fuzilamento na Ogrodowa tinha continuado o dia todo pra compensar as pessoas que antes não estavam em casa. Ela perguntou como ele sabia disso e ele respondeu perguntando como as pessoas sabiam das coisas. Ele disse que se as pessoas tinham sobrevivido era porque deviam estar escondidas quando alguma coisa aconteceu.

Ele disse que algumas crianças foram caminhando até o Umschlagplatz pra viajar com a família. Os afortunados que ficaram pra trás estavam roubando as casas vazias, já que não podia ser considerado roubo se não havia mais proprietários. Ele disse que os ucranianos no fim do dia faziam ele se lembrar de fazendeiros no fim da colheita.

No dia seguinte ele voltou tão transtornado que não quis falar com ninguém até ele e a Madame Stefa conversarem sozinhos. Lá fora a gente ouvia as sirenes dos furgões da polícia, os apitos e o som das pessoas correndo.

Ele falou pra ela que tinha ido até o Umschlagplatz pra encontrar a Esterka, que tinha conseguido passar pela polícia ucraniana, pela alemã e pela judia, que encontrou ela e tentou levar a Esterka pro hospital. No portão ele perguntou pra um azul se podia ajudar a sua assistente, que era vital pro orfanato, e o polaco disse que ele sabia muito bem que não, e enquanto outro polaco e um policial judeu arrastavam a Esterka dali Korczak ficou parado e deixou aquilo acontecer e agradeceu ao polaco pelas suas palavras delicadas. A coisa chegou a esse ponto, Korczak disse: ele agora tinha sido treinado a ficar agradecido até por uma coisa assim.

Crianças tentaram passar por mim na escada e perguntaram do que Korczak e a Madame Stefa estavam falando lá em cima, mas eu disse que não sabia. Não consegui ouvir o que mais eles disseram. Finalmente ouvi ele dizer pra ela que eles tinham responsabilidades lá embaixo e pra ela se lembrar de que se a srta. Esterka não voltasse, enquanto isso ela também estaria ajudando outras pessoas, como ela sempre fez sendo tão útil aqui.

No dia seguinte de manhã um mensageiro do Judenrat contou pra ele do suicídio de Czerniaków. O secretário dele tinha encontrado o corpo na cadeira do escritório. Czerniaków tinha escrito bilhetes pra esposa e pro Judenrat. O mensageiro mostrou a Korczak o bilhete do Judenrat, ele leu, dobrou de novo e devolveu, e o mensageiro saiu correndo.

Quando a Madame Stefa recebeu a notícia eles ficaram se olhando, um com a testa encostada na do outro.

No resto da manhã outros funcionários deram as ordens que eram necessárias. Korczak e a Madame Stefa ficaram sentados em volta da mesa da cozinha com um único copo de chá frio. "A saída fácil", ela finalmente disse.

"Ele desistiu de um visto pra Palestina pra servir à sua comunidade", ele respondeu.

Nem ele nem ela saíram da cozinha quando o Zygmuś me disse que tinha dois meninos lá na frente que queriam falar comigo, e quando eu abri uma fresta da porta o Boris me puxou pra fora e o outro menino fechou a porta atrás de mim. Eu estava com tanto medo que no começo não consegui ouvir o que o Boris estava dizendo até que o outro menino me deu um tapa e me fez prestar atenção. Ele perguntou se eu conhecia a casa da rua Żelazna por dentro, aquela que os alemães tinham montado, e me pediu pra descrever os cômodos e aí pareceu satisfeito quando eu obedeci. Ele me perguntou com que frequência eu ia lá e a que horas do dia e se os alemães montavam guarda nas portas. Ele disse que precisavam que eu avisasse de dentro quando seria uma boa hora pra uma visita, e eu perguntei quem eles eram, e ele disse que era o grupo dele, e quando eu perguntei quem estava no grupo dele ele disse pra eu ir me foder.

O Boris ainda estava me segurando pela camisa e eu disse que não via motivo pra fazer alguma coisa por eles e o Boris disse que o motivo era que se eu não fizesse ele ia me matar e eu disse que então era melhor me matar de uma vez. Eles ficaram um tempo me encarando enquanto o outro menino perguntava o que eu queria, e eu tive que pensar. Aí eu falei que queria salvar Korczak. E a Madame Stefa também, se fosse isso que Korczak queria. O Boris riu pelo nariz. O outro menino pensou um pouco e aí disse sim, que ele podia dar um jeito nisso se eu desse o que ele queria e que eu logo ia ter notícia dele. Aí eles foram embora.

Naquela noite o Samuel, o irmão mais velho da Gieńa, foi fazer uma visita antes do toque de recolher; ela pulou no colo dele, as crianças se juntaram em volta e não paravam de olhar pros dois de olhos arregalados. A Madame Stefa e Korczak ficaram olhando de braços cruzados. O irmão da Gieńa disse pra ela que precisava conversar com Korczak e com a Madame Stefa e ela ficou esperando com os amiguinhos na sala principal enquanto ele conversava com os dois na cozinha. O copo ainda estava onde eles tinham deixado, apesar de alguém ter tomado o chá. Eu fiquei no saguão, perto da porta.

O irmão falou pra eles que tinha ouvido dizer que o orfanato não ia ser perturbado, mas que não podia ter certeza disso e que tinha prometido pra mãe cuidar da irmã e que nos últimos tempos os seus pesadelos tinham feito ele se convencer de que os dois deviam ficar juntos, tendo em vista o que andava acontecendo. Mas ele não conhecia muito bem o casal com quem morava e tinha medo de que a sua irmã fosse ficar apavorada por ficar sozinha o dia inteiro enquanto ele trabalhava.

Ele esperou, mas Korczak continuou em silêncio. A Madame Stefa acabou dizendo que eles também acreditavam que o orfanato ficaria em segurança e que tirar crianças dali não era bom pro moral do grupo, apesar dessa decisão ser dele.

Então ele conversou com a irmã, ela não conseguia se decidir, mas acabou indo com ele no dia seguinte de manhã. Mas no outro dia de manhã ele trouxe a irmã de volta, por causa do que ela ouviu quando ficou trancada sozinha no quarto dele. Ele trouxe ela de volta a tempo de tomar o café da manhã e deixou a irmã na cadeira dela. Ele enxugou os olhos e prometeu que viria quando pudesse, ela disse que ele tinha ajudado muito e que devia se cuidar. Aí ela pegou a sua colher e olhou pro outro lado. Depois que ele saiu a Madame Stefa perguntou por que Korczak estava servindo as mesas e ele disse que gostava de se manter ocupado e que pegando tigelas de sopa, colheres e pratos ele via quem estava sentado perto de quem. E quem estava mais sozinho.

Naquela noite depois que até Korczak tinha caído no sono eu ouvi batidas leves na porta dos fundos, e quando fui até lá com o lampião e abri a tranca o Boris me deu um empurrão, e ele e o outro menino entraram e fecharam a porta.
"Em que podemos ser úteis, cavalheiros?", Korczak disse. Ele estava de camisola e sem óculos.
"Venham pra cozinha", o outro menino disse, pegou o meu lampião e conduziu a gente até lá.
Eles sentaram em volta da mesa e a gente ficou de pé na frente deles. "Oi de novo", eu disse pro Boris.
"Oi", o Boris disse.
"Verdade, é bom estar aqui de novo", o outro menino falou. Aí ele disse pra Korczak que os representantes dos movimentos de jovens tinham se reunido e formado a Organização Judaica de Luta e decidido que a primeira tarefa deles era informar todo mundo que as deportações eram pra um campo em Treblinka onde todos iam ser mortos com gás. Eles já estavam distribuindo folhetos, mas os folhetos estavam sendo destruídos pelo Judenrat, que achava que eles eram uma provocação alemã atrás de um pretexto pra fuzilarem todo mundo.
"Se todo mundo está sendo morto com gás então como foi que essa informação chegou até vocês?", Korczak perguntou.
Um ou dois que fogem dos trens voltam pro gueto a cada semana, o menino disse pra ele.

"E são pessoas confiáveis?", Korczak perguntou. "Como foi que eles conseguiram essa façanha?" Eu perguntei se ele queria que eu fosse pegar os óculos e ele disse que não.

"No meu caso eu consegui arrancar o arame farpado da janela e me espremi por ali", o rapaz disse. Quando viu o rosto de Korczak, ele acrescentou: "Eu não sou Hércules. Outras pessoas antes de mim mexeram naquilo e não tiveram tempo de terminar".

Eles se encararam. Eu pensei: é isso que eu faria. Eu ia passar por cima da cabeça dos outros se fosse preciso.

"Outras pessoas arrancaram tábuas do piso ou das paredes com chutes", o rapaz disse.

"Enquanto o trem ainda estava em movimento?", eu perguntei, mas o rapaz me olhou de um jeito que me fez calar a boca.

"Não há guardas nos trens?", Korczak perguntou.

"Há guardas", o rapaz disse. "Alguns que escapam são mortos a tiros e alguns não."

Korczak não parecia surpreso com nada disso. "E você é membro dessa organização de luta?", ele perguntou.

O rapaz disse que eles estavam ali por dois motivos e que o primeiro era ajudar Korczak a escapar.

A clandestinidade polonesa vivia lhe oferecendo chances de escapar, Korczak disse pra ele, mas ele sempre dizia não, a não ser que eles pudessem levar todo mundo.

"Eles querem o senhor porque o senhor é o único que eles consideram polaco", o menino disse. "Mas a gente quer tirar o senhor daqui não por ser o famoso dr. Korczak. A gente quer que o senhor ajude a divulgar o que está acontecendo."

"E por que as pessoas me escutariam?", Korczak disse.

O rapaz não respondeu. "Conte pra ele", ele falou pra mim.

"Contar o quê?", Korczak disse. E os três me olharam.

"Eles também estão aqui porque querem minha ajuda", eu falei pra ele. "Eu disse que se eles queriam que eu ajudasse, então tinham que fazer isso por mim."

"Fazer o quê por você?", Korczak perguntou. A expressão dele era de tanta surpresa e decepção que eu desviei os olhos.

"Tirar o senhor daqui", o Boris disse. Ele disse que os alemães estavam controlando a redistribuição num escritório na Żelazna. Disse que o Lejkin era o judeu encarregado e que eu tinha trabalhado como informante dele e da Gestapo, o que significava que eu sabia entrar na casa. E já que eu sabia entrar, então podia ajudar num ataque quando chegasse a hora.

"Vocês querem que ele ajude vocês a atacar o escritório deles?", Korczak perguntou.

"O preço que ele pediu foi a sua fuga", o outro menino disse.

"Quando isso foi discutido?", Korczak me perguntou.

"Eles vieram aqui ontem", eu disse. "Eu conversei com eles aqui na porta."

"Quando você imaginava que isso ia acontecer?", ele me perguntou com a voz que usava quando conversava com os alemães.

"Ele tem que vir agora", o Boris disse.

"Eu não vou fazer nada enquanto ele não tiver saído do gueto", eu disse pra eles.

"Vocês têm armas? Vocês têm bombas?", Korczak perguntou.

"A gente está arranjando armas. A gente está arranjando bombas", o Boris disse.

"Onde?", Korczak perguntou.

O Boris acabou dizendo pra ele que o seu plano era que eu o levasse até o muro no fim da rua Próżna às quatro da manhã do dia seguinte, e que lá ia ter uma escada e alguém esperando do outro lado pra levar ele pra cidade.

Korczak foi até a pia e ficou de costas pra gente. "Eu estou esperando a minha raiva diminuir para poder falar", ele disse.

O outro rapaz ficava movendo o copo de chá de um lugar pro outro na mesa que nem uma peça de xadrez. Quando eu olhei pro Boris, ele só encolheu ombros.

Korczak se virou. "E todas as crianças deste orfanato?", ele me disse. "Eu vou deixar as crianças agora, quando elas têm tão pouco tempo?"

Eu pus as mãos no rosto. "Eu só queria salvar o senhor", eu disse.

O outro menino disse: "O Boris escolheu um lugar no muro do tempo de contrabando de vocês. Ele escolheu bem".

"Quando elas discutem entre si as crianças têm um ditado", Korczak finalmente disse. "Elas falam: 'Eu vou te mandar embora num saco'."

"Diga a verdade pra elas", o menino falou. "Diga que a gente não tem como salvar todas."

"Dizer que agora elas simplesmente estão por conta própria?", Korczak perguntou, e a sua raiva foi uma surpresa até pra eles.

"Mas elas já *estão* por conta própria", o menino disse.

"Elas *não* estão por conta própria", Korczak disse. Nenhum de nós conseguia olhar pro outro.

"Então o senhor não vai?", o rapaz finalmente disse pra Korczak. "E você não vai ajudar a gente se ele não for?", ele me disse.

Eu ainda estava com as mãos no rosto. A Madame Stefa agora estava parada na porta.

"Talvez ele mude de opinião", eu disse.

"Mas você tem que vir agora", o Boris disse.

"E simplesmente deixar ele aqui? E os outros todos?", eu perguntei.

"O Aron não é um menino violento", a Madame Stefa disse. Ela limpou a garganta e disse isso de novo.

"O Shemaiá? Não me venha falar do Shemaiá", o Boris disse. "Por causa dele dois dos meus melhores amigos morreram. O Shemaiá só se preocupa com ele. Não é, Shemaiá?"

O outro menino levantou da mesa e parecia triste quando pôs o copo na pia. "Então o senhor vai cumprir as ordens e facilitar tudo pros alemães."

"Cavalheiros, foi um dia longo", Korczak disse. A Madame Stefa se aproximou dele e pôs um braço no seu ombro.

"Agora ele está chorando", o Boris disse pro rapaz, falando de mim, como se tivesse previsto isso. Eu pus as mãos fechadas em cima da cabeça, como se fosse ajudar.

Os judeus podem lutar melhor do que qualquer um, o rapaz disse. Ele disse que havia uma bateria antiaérea perto da Mława nos primeiros dias da guerra quando todo mundo tinha fugido durante um ataque e os judeus abateram dezessete aviões. "Dezessete aviões!", ele disse.

"O senhor não vai mesmo?", eu perguntei pra Korczak. Ele desviou os olhos.

"Seja útil", o Boris acabou me dizendo.

"Compense o que você fez", o outro rapaz disse.

"Eu nunca fui útil", eu disse pra eles. "E não tenho como compensar o que eu fiz."

Os dois ficaram me encarando. "Eu nunca achei que ele ia ajudar", o Boris disse, apontando pro Korczak. "Mas achei que você podia."

O outro rapaz estava me olhando com ódio. "A gente não tem a menor chance sem alguém do lado de dentro", ele disse pra Korczak. "Fala isso pra ele."

"A decisão é dele", Korczak disse.

Piolhos e carrapatos fervilhavam na minha cabeça e no meu peito. Eu arranhava com os dedos por cima. "Posso pensar um dia?", eu perguntei.

"Você não tem um dia", o menino disse.

"Então não", eu falei pra ele.

Korczak subiu pro seu quarto depois que eles saíram e a Madame Stefa foi atrás dele. Eu fiquei sentado no andar de baixo no escuro com as crianças adormecidas até não aguentar mais, aí subi a escada.

Eles estavam sentados juntos. Ele tinha puxado o papel do blecaute de uma janela e os lençóis de todas as camas estavam com um leve brilho. O papel ainda estava na mão dele e quando ele amassou só alguns meninos mais doentes se mexeram.

"Mas que lua enorme e maravilhosa sobre este campo de peregrinos abandonados", ele falou sozinho. Eu nunca tinha visto ele tão triste assim.

"Desculpa", eu falei do outro lado do quarto.

Ele fez que sim com a cabeça. "Você pelo menos entende por que eu estou tão furioso?", ele disse.

"Eu só queria que o senhor ficasse em segurança", eu disse. Mas ele não parecia ter ouvido.

"Posso pegar alguma coisa pra você?", a Madame Stefa perguntou pra ele depois de um instante.

Ele fez que não com a cabeça. "Sente aqui com a gente", ele disse sem olhar pra mim, e deu um tapinha no lençol.

Eu passei pelas outras camas e sentei no pé da cama dele, ao lado da Madame Stefa, e depois que ele deitou a gente deitou também, apesar da gente ainda ficar com os pés no chão. Nós ficamos ouvindo a respiração dele.

"Você sabia que eu conheci a Madame Stefa numa viagem à Suíça quando éramos estudantes?", ele perguntou. Eu disse que não com a cabeça, mas ele não podia ver. Ela fez um barulhinho divertido.

"Eu falei pra ela na primeira vez que a gente se viu, numa conversa comprida num banco de praça, que eu era filho de um doente mental, mas que ia ser o Karl Marx das crianças", ele disse.

"Obrigado", eu falei pra ele, "por ter me chamado pra cá."

"Ela era muito segura de si", ele disse.

"Eu ainda sou segura", ela falou pra ele.

"Ela estava comendo uma pera verde", ele disse, e ela esticou um braço na direção de Korczack. Eu senti o joelho dele por baixo do lençol.

"No fundo da cabeça da gente sempre fica soando a pergunta o que você vai fazer quando eles chegarem mesmo", ele disse depois da gente ter ficado deitado ali por mais uns minutos. Ele tocou no seu copo, nos seus cigarros e aí dormiu.

Quando ele acordou eu acordei também e ele se apoiou nos cotovelos. Era cedo. A Gieńa estava de camisola embaixo da janela. "Bom dia", ele disse pra ela.

"Bom dia", ela respondeu.

"Sorria", ele falou, e ela sorriu. Ele disse que achava que hoje ia querer comer salsicha, presunto e pãezinhos no café da manhã. A Madame Stefa se pôs de pé, foi até a escada e gritou: "Meninos! Café! Levantem!", e lá embaixo a gente ouviu camas em movimento, mesas de madeira se juntando e a panela enchendo na cozinha. Aí vieram dois sons de apito e uns homens gritaram na porta da frente e na dos fundos: "Saiam todos os judeus! Saiam todos os judeus!".

A Gieńa pôs uma mão na boca. A Madame Stefa desceu correndo a escada. Korczak se vestiu com dificuldade, e eu fui atrás dele pela escada depois que ele conseguiu enfiar o sapato nos pés.

A Madame Stefa estava na sala principal tentando manter as crianças calmas. Ela sacudiu algumas que estavam fazendo barulho demais. Os alemães e os ucranianos ainda gritavam. Korczak olhou pela janela da cozinha e viu alguma coisa que fez ele me puxar pro quintal pela porta dos fundos.

O quintal estava cheio de homens: cinco ou seis da ss, uma fileira de ucranianos e mais duas de amarelos. Os soldados da ss e os ucranianos estavam com sobretudos compridos mesmo naquele calor, suavam e berravam pedindo água. O Lejkin estava curvado com as mãos no quadril na frente dos seus policiais. Korczak perguntou o que estava acontecendo e o Lejkin disse pra ele reunir todo mundo. Korczak perguntou de novo e o Lejkin repetiu.

Quando Korczak falou pra ele que precisava de um tempo pras crianças poderem juntar as suas coisas, o Lejkin disse que ele tinha vinte minutos.

"Explique para ele", Korczak me disse. "Diga que eu preciso de mais tempo."

"Ele precisa de mais tempo", eu disse pro Lejkin.

O Lejkin olhou pra mim. "Dez minutos", ele disse.

Korczak abriu caminho pra voltar pra dentro e bateu palmas pra chamar a atenção de todos. A Madame Stefa e os outros funcionários se esforçaram pra fazer os que estavam mais transtornados ouvirem o que ele ia dizer. Ele pediu pra dois meninos fecharem as portas, e quando alguns ucranianos tentaram impedir, ele gritou: "A gente ainda tem cinco minutos", então eles permitiram.

Quando as portas estavam fechadas as crianças se amontoaram pra mais perto dele como se assim fossem ficar mais seguras. Eu mesmo fiz isso. Eu estava tão aterrorizado que só ficava gritando: "Pan Doctor! Pan Doctor!". O Mietek segurava a minha camisa pra não perder o lugar. A cabeça dele estava tão cheia de piolho que era como se ele tivesse o cabelo cinza.

Korczak disse que andavam falando que na casa dele havia tantas crianças bem-comportadas que às vezes nem dava pra saber que tinha criança na casa. Ele disse que a sua mãe vivia dizendo que ele não tinha ambição porque pra ele sempre foi a mesma coisa brincar com os do seu grupo ou com os filhos do zelador e que não existiam outras pessoas no mundo com quem ele quisesse estar agora pra passar pelo que eles iam passar. Disse que no lugar pra onde a gente estava indo não ia ter jogo de cartas nem banho de sol nem descanso. Quando algumas crianças fizeram barulho, ele disse que estava dizendo tudo isso pra gente porque tinha passado a vida inteira exigindo respeito pras crianças e estava na hora de praticar o que ele mesmo pregava. Mais crianças fizeram barulho e ele pediu silêncio pra elas com um gesto de mão. Disse pra gente não esquecer que o próprio Moisés tinha sido uma criança com sentença de morte. Falou pra todo mundo do dia em que ele convenceu o Jerzyk a não cobrir umas formigas com terra. Quem sabe, ele disse, se naquele momento aquelas formiguinhas não estavam em casa contando a história de como tinham sobrevivido.

Ele falou pra gente formar quatro filas e os funcionários ajudaram. Isso levou todo o tempo que a gente ainda tinha. As portas abriram de repente antes da gente ter terminado e os gritos recomeçaram.

Korczak esperou aquilo parar e aí disse que já estava com tanto orgulho da gente que o seu coração estava explodindo. E quem é que duvidava de que se alguém tinha chance de sobreviver esse alguém não podia ser a gente? E ele falou que ia usar os seus velhos poderes mágicos, a gente ia ver, pra arranjar pão, batata e remédio pra todo mundo. E que ele ia ficar com a gente durante tudo que pudesse vir pela frente.

A Madame Stefa carregava no colo uma das crianças de cinco anos mais doentes, e entregou outra pra Korczak. Ele ergueu a criança na frente de todo mundo e disse que a Romcia ia ser a nossa porta-bandeira. Junto com o Jerzyk que tinha poupado as formigas. Pediu que um funcionário entregasse a bandeira de um verde bem forte com a estrela de Davi pro Jerzyk, e dois meninos mais velhos ajudaram o Jerzyk com o talabarte.

O Mietek ainda estava com aquela bota podre e segurando o livro de orações do irmão morto. O Abrasha com a sua sobrancelha estava com o violino no estojo. O Zygmuś ia sem nada na mão. Outras crianças seguravam brinquedos ou copinhos. Quase todas puseram seus bonés.

Na porta da entrada um homem da ss com uma prancheta na mão fez uma chamada que demorou vários minutos. As crianças iam se amontoando mais e mais em volta de Korczak. O homem da ss gritou pela porta quando tinha terminado que cento e noventa e duas crianças e dez adultos estavam registrados. Korczak disse pros funcionários se espalharem e cuidarem cada um de cinco fileiras de crianças, mas a Dora e a Balbina tiveram dificuldade pra encontrar o seu lugar. A Dora disse que passou a vida tendo que ser a primeira e que pelo menos dessa vez ela queria ficar mais no fundo. A Balbina disse que nunca tinha visto uma coisa daquela na vida e que ia ser a primeira vez que ela ia viajar sem saber pra onde. Elas ainda estavam discutindo quando ele guiou a gente pra luz do sol.

Estava quente. As calçadas estavam tão cheias que a gente teve que ir pela rua. A Madame Stefa perguntou por que isso estava acontecendo e Korczak disse que agora eles exigiam que todo mundo ficasse parado na frente de casa quando essas operações ocorriam.

Era uma procissão gigantesca, uma marcha de miseráveis, todo mundo cambaleando e apertando os olhos por causa do sol, a maioria com colheres e tigelas. Algumas crianças estavam animadas só pelo fato de estarem todas caminhando juntas.

O céu estava enevoado. Só a gente fazia barulho, com os pés. Todos que olhavam estavam quietos. A gente subiu a Sosnowa, a Śliska e a Komitetowa. Depois de algumas ruas as pessoas gritavam: "Fiquem bem!" ou se despediam de alguma criança específica dizendo o nome dela.

Os sapatos sobre as pedras do calçamento faziam um som de trote. Tinha muito pó. Quando a gente entrou na Twarda o sol ficou bem nos nossos olhos. A Dora começou a cantar "Por mais que a tempestade troe à nossa volta" e ergueu as mãos pra tapar o sol enquanto cantava. Ela não tinha uma voz muito forte.

Continuou sozinha por meia quadra antes da Madame Stefa, da Balbina e do resto da equipe e finalmente de Korczak e das crianças cantarem junto. Eu comecei a cantar o nome do meu irmão mais novo.

"A letra não é assim", o Zygmuś me disse.

"E daí?", eu falei. Um dos alemães que acompanhavam a procissão fingia cantar junto.

A música parou na praça Grzybowska quando vimos todos os outros. A gente descansou um pouco enquanto os alemães tentavam organizar todo mundo. Korczak pôs a Romcia no chão. As pessoas na praça pareciam tão chocadas por ver o médico quanto ele estava por ver todas elas. A gente ficou com um grupo grande de meninas mais velhas da Escola de Enfermagem que estavam todas de uniforme. Korczak disse pra mulher que liderava esse grupo que ele tinha conseguido reservar um vagão especial pras suas crianças.

Quando fizeram a gente andar de novo foi como se dois rios se misturassem no cruzamento. Quanto mais a multidão ia aumentando, mais as pessoas tinham que se esforçar pra ficar no seu grupo. A gente ocupou as calçadas e os judeus que estavam olhando tiveram que recuar pra entrada das casas ou pros quintais senão iam ser levados com o grupo. Quase todo mundo carregava sacos e malas ou arrastava trouxas, trombando com as crianças e bagunçando as nossas filas. O Zygmuś foi empurrado pra uma ruela lateral coberta de malas e baús abandonados e teve que lutar pra voltar pra procissão. As pessoas gritavam que tinham esquecido os seus cartões de racionamento e que precisavam voltar ou perguntavam se ia ter água no caminho e se os amarelos tinham ficado surdos.

Na Krochmalna um homem da ss de quepe com formato de sela de cavalo ficou olhando a gente passar. A Giena segurou a minha mão e me falou que tinha escondido um pouco de pão na sua sacola.

Na rua Chłodna teve outro momento de lentidão porque as crianças caíam enquanto subiam os degraus. As tábuas no alto da ponte se curvavam e rangiam com o peso de todo mundo. Em algum lugar do outro lado do muro um bonde ariano tocou o seu sino. Deu pra eu ver o portão da nossa velha gangue. O Jerzyk agitou a bandeira quando a gente chegou no alto da ponte. Ele cuspiu na rua lá embaixo.

A gente continuou andando. A gente estava andando desde as sete. Todo mundo caminhava e balançava, caminhava e balançava, caminhava e balançava. O sol agora estava bem em cima da cabeça da gente. O meu ouvido fazia um zumbido. Crianças tropeçavam e caíam umas por cima das outras. Como é que elas estavam fazendo tudo isso sem comer nem tomar água? Parecia que alguma coisa dentro de mim estava me inundando.

A gente parou duas vezes na Zamenhofa. De vez em quando alguém gritava surpreso o nome de Korczak. O barbante do meu sapato desamarrou e eu pisei nele. Algumas crianças tiveram que ser arrancadas da calçada quando a gente começou a andar de novo. Elas gritavam que estavam com sede ou que queriam descansar ou que precisavam ir no banheiro. Korczak ainda ia na frente e ainda estava carregando alguém no colo. A gente passou pelo meu velho apartamento e eu vi a minha casa. Eu vi a minha janela. O Boris estava parado de braços cruzados na frente da porta, do lado da mãe dele.

O portão onde o gueto acabava abriu bem antes da gente chegar. Alemães e ucranianos ficaram enfileirados dos dois lados com cassetetes, armas e cães.

Todo mundo foi empurrado por ali e afunilado num trilho de bonde que se abria pra um campo vazio através de uma conexão ferroviária. Um arame farpado enrolado num poste de cimento rasgou a minha manga. Judeus que já estavam lá choravam sentados embaixo do sol quente. Roupas, colheres de sopa, brinquedos e vômito se espalhavam em volta da gente. As pessoas gritavam e se abraçavam quando encontravam alguém. Algumas sentavam em círculo umas de frente pras outras e algumas andavam por ali respingadas de sangue.

Korczak levou a gente até o fim do grupo e pôs as crianças menores sentadas e encostadas no muro por causa da sombra. Fez alguns homens saírem dali pra abrir espaço.

Ele sentou com os meninos e a Madame Stefa com as meninas. Um dos meninos perguntou o que ia acontecer em seguida, e eu ouvi ele dizer: "Agora a gente vai fazer uma viagem até a floresta". Um amarelo tirou a bandeira do Jerzyk e jogou por cima do muro. Uns ucranianos apareceram dizendo que quem tinha bota em boas condições devia entregar agora porque de qualquer maneira elas iam acabar sendo confiscadas mais tarde.

O Mietek ainda estava segurando a minha camisa. O alemão Witossek estava de pé perto da gente e se apresentou de novo pra Korczak. A farda dele estava encharcada de suor até na manga vazia que ficava presa por um alfinete e ele disse que a lã não servia pra aquele tipo de calor. Ele tirou o quepe, enxugou a testa com a manga e Korczak se concentrou nas crianças.

Witossek pediu desculpa pela necessidade do que tinha que acontecer e disse que esperava que Korczak entendesse que a necessidade era uma coisa e as pessoas que tinham que realizar aquilo eram outra. Ele disse que queria que o bom doutor soubesse que o que ia acontecer ia acontecer e que o importante era cada um escolher como aquilo seria encarado.

"Concordo com você", Korczak disse.

Eu ouvi alguém cantando uma música sobre o rei da Sibéria. "Pisher!", eu gritei. "Pisher!", eu levantei e olhei em volta.

Os ucranianos e os amarelos começaram a colocar quem estava mais perto nos vagões do trem. As pessoas gritavam quando eram levantadas do chão à força. Os alemães só observavam, conversando apoiados no muro. Alguns ficavam provocando as crianças mais próximas. Witossek recolocou o quepe e se juntou a eles.

Os ucranianos e os amarelos chutavam e empurravam todo mundo que eles conseguiam enfiar pelas portas abertas. Os ucranianos também usaram a coronha dos fuzis. Braços e mãos se esticavam entre o arame farpado da janelinha. Quando parecia que não tinha mais espaço num vagão um alemão ia com a pistola, atirava na multidão e todo mundo que estava perto de quem tinha sido atingido caía pra trás e mais seis ou sete pessoas eram enfiadas ali.

O trem ficou lotado, as portas fecharam e os judeus lá dentro berraram até ele partir. Um pó pairava no ar, onde as rampas tinham sido derrubadas com um pontapé.

Korczak pôs as mãos nos ombros do Abrasha e disse alguma coisa pra ele que outros meninos se inclinaram pra escutar. A Madame Stefa pôs os braços em volta de duas meninas. Um ucraniano se abaixou e passou os dedos pelas contas do rosário da Gieńa que estava sentada com as mãos no colo.

Os amarelos se reuniram em volta de um balde branco esmaltado e se revezaram pra se refrescar com conchas de água, alguns deixando a água escorrer pela cabeça. O Lejkin pegou a concha, eu pus a mão do Mietek na camisa do Zygmuś e dei um jeito de chegar até ele.

"Olha só quem está aqui", o Lejkin falou.

"Eu sei onde ficam todos os buracos dos contrabandistas", eu disse.

"Eu também", o Lejkin disse. A faixa de tecido do quepe dele estava tão encharcada que não dava pra ler o que estava escrito. Ele jogou água no peito da camisa.

"Eu sei onde os contrabandistas estão", eu falei pra ele.

"Eu também", ele disse.

"Não, você não sabe", eu disse.

Ele me olhou como se já tivesse sido enganado na vida. "Então eu tiro você dessa e você me entrega o pessoal todo?", ele falou.

Eu apontei pra Korczak e pra Madame Stefa e disse: "Você tira aqueles dois dessa e eu te entrego o pessoal todo".

"Ah", ele disse. "Bom, muita gente ia gostar de tirar ele daqui." Ele disse alguma coisa pra um policial ao seu lado e a gente foi até Korczak.

"Pan Doctor", ele disse.

"Sr. Lejkin", Korczak disse. Ele não estava de óculos e o sol fazia ele apertar os olhos.

"Outro trem já está chegando", o Lejkin falou pra ele.

"Outro trem está sempre chegando", Korczak disse. Ele estava tremendo.

"Esse rapazinho aqui parece achar que o senhor devia ser salvo", o Lejkin falou pra ele.

"Eu acho que todos nós devíamos ser salvos", Korczak disse.

"Pode haver uma maneira", o Lejkin falou pra ele.

Korczak olhou pra cima. "E como é que isso iria acontecer?", ele disse.

"O senhor teria que vir comigo e perguntar ao comandante", o Lejkin disse.

"E onde ele está?", Korczak perguntou.

"Não é longe", o Lejkin disse. "Dez minutos a pé."

"Você garante que eles não serão levados daqui enquanto eu estiver fora?", Korczak perguntou.

"O senhor está brincando, não é?", o Lejkin disse. "O senhor está de brincadeira?"

"Então não", Korczak falou pra ele.

"O senhor podia conseguir libertar *todo mundo*", eu disse.

"Então eu devia deixar eles aqui, por conta própria, neste lugar?", ele me perguntou.

"Eu cuido deles. O senhor podia ir correndo", eu disse.

"Você cuida deles", ele disse.

"Cuido", eu disse.

"E você consegue imaginar como seria pra *eles* se o próximo trem chegasse e eu não estivesse aqui?", ele disse.

"Por favor", eu disse.

"Por favor o quê?", ele disse.

"Me *escute*", eu gritei. Mas a verdade era que eu não conseguia imaginar nada. Eu sempre imaginei a mim mesmo, explorado. Nunca imaginei outra coisa. E o próximo trem apitou, se arrastou pela curva que o deixava visível e houve mais gritos e nomes sendo chamados até que os freios dele abafaram todo mundo.

Korczak se concentrou de novo nos seus meninos e a Madame Stefa levantou e veio até ele. As meninas estavam penduradas na saia dela. Korczak estendeu a mão e ela apertou a mão dele. O Zygmuś e o Mietek se agacharam com os olhos úmidos e tristíssimos. "Eu fiz xixi na calça", o Zygmuś me disse como se isso fosse o pior de tudo. Junto dos vagões do trem os gritos começaram de novo.

"Todo mundo de pé", Korczak disse. "Quatro filas."

Eu urrava, tremia e balbuciava até que alguém tirou as minhas mãos da frente do rosto. Era Korczak. "Chega", ele disse. Mas eu não conseguia.

"Eu nunca te mostrei a minha Declaração dos Direitos da Criança", ele disse. Por trás dele as crianças tinham reunido as suas coisas, meninos e meninas juntos, e tinham entrado nas suas filas. O Zygmuś estava puxando a parte de trás da calça dele. Um amarelo ao lado dele começou a chorar.

"Não há nenhum pedacinho meu que esteja com boa saúde", Korczak disse baixinho pra ele mesmo.

Ele se curvou ainda mais até ficar perto o suficiente de mim e eu sentir o seu cheiro. Pôs as mãos atrás da minha cabeça e baixou a testa até encostar na minha. Eu estava chorando desesperado e molhei o rosto dele, mas ele só se aproximou mais. "'A criança tem o direito de ser respeitada'", ele disse. "'A criança tem o direito de se desenvolver. A criança tem o direito de ser. A criança tem o direito de lamentar sua sorte. A criança tem o direito de aprender. E a criança tem o direito de cometer erros.'"

Nada se sabe de definitivo sobre as últimas horas de Janusz Korczak e de seus funcionários e crianças, e por algum tempo depois da guerra foi dito que ele, Stefa e alguns órfãos tinham sido salvos e teriam sido vistos em vilarejos espalhados pela Polônia. Os relatos não são todos iguais, porém o mais provável é que eles tenham sido deportados para Treblinka na tarde do dia 5 de agosto de 1942. O dr. Imfried Eberl, comandante do campo, relatou a seus superiores que naquela época o campo estava num tal estado de caos e de superlotação que montanhas de cadáveres ficavam à vista dos recém-chegados e que portanto sustentar qualquer tipo de disfarce durante a espera pelas câmaras de gás era quase impossível.

Agradecimentos

Meu principal objetivo aqui, para citar Marguerite Yourcenar em sua Nota Bibliográfica para *Memórias de Adriano*, foi "abordar a realidade interior, se possível, através de um cuidadoso exame do que os próprios documentos nos oferecem", portanto este romance não teria existido, ou teria existido de maneira muito mais reduzida, sem contribuições decisivamente importantes vindas das seguintes fontes: *Diário do gueto*; *Perfil, Lições, "O bom doutor"* e *The Selected Works of Janusz Korczak*, de Janusz Korczak, este último editado por Martin Wolins; o poema em prosa "A última caminhada de Janusz Korczak", de Aaron Zeitlin; *Crônica do gueto de Varsóvia*, de Emmanuel Ringelblum, editado por Jacob Sloan; *The Warsaw Ghetto: A Guide to the Perished City*, de Barbara Engelkin e Jacek Leociak; *The Ringelblum Archive: Annihilation — Day by Day*, de Marta Markowska; *Bread for the Departed*, de Bogdan Wojdowski; e *The Diary of Dawid Rubinowicz*, de Dawid Rubonowicz.

Também tenho uma dívida imensa com *To Live with Honor and Die with Honor: Selected Documents from the Warsaw Ghet-*

to *Underground Archives O.S. (Oneg Shabbath)*, editado por Joseph Kermish; *The Warsaw Ghetto Oyneg-Ringelblum Archive Catalog and Guide*, editado por Robert Moses Shapiro e Tadeusz Epsztein; *O diário de Dawid Sierakowiak*, editado por Alan Adelson; *The Yad Vashem Encyclopedia of the Ghettos During the Holocaust*, editada por Guy Miron e Shlomit Shulhani; *Words to Outlive Us: Eyewitness Accounts from the Warsaw Ghetto*, editado por Michał Grynberg; *Awakening Lives: Autobiographies of Jewish Youth in Poland before the Holocaust*, editado por Jeffrey Shandler; *From a Ruined Garden: The Memorial Books of Polish Jewry*, editado por Jack Kugelmass e Jonathan Boyarin; *The Last Eyewitness: Children of the Holocaust Speak, volume 1* editado por Wiktoria Śliwowska, *volume 2* editado por Jakub Gutenbaum e Agnieszka Latała; *Hunger Disease: Studies by the Jewish Physicians in the Warsaw Ghetto*, editado pelo dr. Myron Winick; *The Diary of Samuel Golfard and the Holocaust in Galicia*, editado por Wendy Lower; *The Warsaw Diary of Adam Czerniakow*, editado por Raul Hilberg, Stanisław Staroń e Josef Kermisz; e *The King of Children: Life and Death of Janusz Korczak*, de Betty Jean Lifton.

Também achei crucialmente útil o artigo "The Last Journey of the Residents and Staff of the Warsaw Orphanage", de Agnieszka Witkowska-Krych; *The Chronicle of the Łódź Ghetto, 1941-1944*; de Lucjan Dobroszycki; *The Holocaust: The Fate of European Jewry 1032-1945*, de Leni Yahil; *Journey Through the Night: Jakob Littner's Holocaust Memoir*, de Kurt Grübler; *I Remember Nothing More: The Warsaw Children's Hospital and the Jewish Resistance*, de Adina Blady Szwajger; *A Cup of Tears: A Diary of the Warsaw Ghetto*, de Abraham Lewin, editado por Antony Polonsky; *The Destruction of the European Jews*, de Raul Hilberg; *In the Ghetto of Warsaw: Heinrich Jöst's Photographs*, de Günther Schwarberg; *Shielding the Flame: An Intimate Con-*

versation with Dr Marek Edelman, the Last Surviving Leader of the Warsaw Ghetto Uprising, de Hanna Krall; *Hide: A Child's View of the Holocaust*, de Naomi Samson; *In the Warsaw Ghetto: Summer 1941*, de Willy Georg; *The Stroop Report*, de Jürgen Stroop; *A Match Made in Hell: The Jewish Boy and the Polish Outlaw Who Defied the Nazis*, de Larry Stillman e Morris Goldner; *Carved in Stone: Holocaust Years — A Boy's Tale*, de Manny Drukier; *Anton the Dove Fancier and Other Tales of the Holocaust*, de Bernard Gotfryd; *The Taste of War: World War II and the Battle for Food*, de Lizzie Collingham; *The Cigarette Sellers of Three Crosses Square*, de Joseph Ziemian; *Children and Play in the Holocaust: Games Among the Shadows*, de George Eisen; *Gone to Pitchipoï: A Boy's Desperate Fight for Survival in Wartime*, de Rubin Katz; *Mielec, Poland: The Shtetl That Became a Nazi Concentration Camp*, de Rochelle G. Saidel; o artigo de Aviad Kleinberg, "The Enchantment of Judaism: Israeli Anxieties and Puzzles", *Critical Inquiry*, vol. 35, nº 3 (primavera de 2009); o documentário *Shoah*, de Claude Lanzmann; *Os desaparecidos: A procura de seis em seis milhões de vítimas do holocausto*, de Daniel Mendelsohn.

O livro também seria inconcebível sem a inspiração, o apoio e a experiência profissional de Creaghan Trainor, Daniel Mendelsohn, Edan Dekel, Andrea Barrett, Rebecca Ohm, Rich Remsberg, Marketa Rulikova, Dan Polsby, Tomasz Kuźnar e Michael Gross; sem o salvador entusiasmo editorial e a inteligência fornecidos por Ben George, Reagan Arthur, Jim Rutman, Peter Matson e Gary Fisketjon; e sem a capacidade de pesquisa trazida por Ron Coleman, Vincent Slatt, Caroline Waddell e Nancy Hartman, do United States Holocaust Memorial Museum; por Theresa Roy, dos Arquivos Nacionais; Agnieszka Witkowska-Krych, do Centro Korczakianum de Documentação e Pesquisa; Agnieszka Reszka, do Żydowski Instytut Historyczny;

Aleksandra Bańkowska e Jan Jagielski, do Instituto Histórico Judaico Emanuel Ringelblum; e por Justyna Majewska, do Museu da História dos Judeus Poloneses. Também devo agradecer a Agnieszka Wojtowicz-Jach, Wojciech Błaszczyk e Monika Oleśko pela ajuda para penetrar a cidade de Varsóvia. E devo agradecer ao irreprimível e infinitamente informativo Alex Dunai por sua total inventividade e por ser um guia perfeito tanto no interior quanto nas cidades da Polônia.

Também sinto uma humildade imensa pela dívida especial que este livro tem com os testemunhos de Frieda Aaron, Irena Abraham, Fela Abramowicz, Erwin Baum, Israel Berkenwald, Abraham Bomba, Helen Bromberg, Nelly Cesana, Mietek Ejchel, Lily Fenster, Henry Frankel, Simon Friedman, Henry Goldberg, Sam Goldberg, Henia Goldman, Doris Fuchs Greenberg, Marcel Gurner, David Haskil, Josej Himmelblau, Jola Hoffman, David Jakubowski, Erner Jurek, David Kochalski, Andrzej Krauthamer, Sara Lajbowicz, Anne Levy, Anna Lewkowicz, Jakub Michlewicz, Irene e Shimon Noskovicz, Henry Nusbaum, Samuel Offen, Michel Pinkas, Golda Rifka, Anka Rochman, Slama Rotter, Lidia Siciarz, Jack Spiegel, Czerna Sterma, Fela Warschau, Ryszard Weidman, Cyla Wiener e especialmente Marian Marzynski.

Por fim, quero deixar um agradecimento e um elogio especial às contribuições dos leitores que encontraram este texto em seus primeiros estágios e cujo otimismo e rigor ajudaram a manter o projeto de pé: Gary Zebrun, Ron Hansen e especialmente Sandra Leong, cujas ideias, tanto no começo quanto no final da escrita, foram de uma ajuda fundamental. E quero, acima de tudo, celebrar minha primeira leitora e minha leitora final, Karen Shepard, que continua tendo toda razão em dizer a todo mundo que me transforma em alguém melhor praticamente todo santo dia.

Glossário

BESHERT: destino
CHEDER: escola religiosa onde leciona um rabino
DAVEN: rezar
JUDENRAT: Concílio administrativo judeu subordinado às forças alemãs de ocupação
KISHKE: intestino recheado de carne, cebola e cereais
MACHER: alguém que resolve problemas
ORDNUNGSDIENST: a polícia judia
PAN: forma polonesa de senhor
PEIOT: cachos usados na lateral da cabeça pelos judeus chassídicos
SEDER: ritual que celebra a libertação dos israelitas da escravidão no antigo Egito
SHLEMIEL: pessoa desastrada ou azarada
SHUL: sinagoga
TALMUD-TORÁ: escola judaica mantida pela comunidade
TREIF: não kasher

UMSCHLAGPLATZ: a praça de Varsóvia de onde saíam os transportes para os campos de trabalhos forçados e de extermínio
VOLKESDEUTSCHE: pessoas de etnia alemã que viviam fora do Reich, mas tinham afinidade linguística e cultural com ele

ESTA OBRA FOI COMPOSTA EM ELECTRA PELO ACQUA ESTÚDIO E IMPRESSA
PELA RR DONNELLEY EM OFSETE SOBRE PAPEL PÓLEN SOFT DA SUZANO
PAPEL E CELULOSE PARA A EDITORA SCHWARCZ EM JULHO DE 2016

A marca FSC® é a garantia de que a madeira utilizada na fabricação do papel deste livro provém de florestas que foram gerenciadas de maneira ambientalmente correta, socialmente justa e economicamente viável, além de outras fontes de origem controlada.